学園性奴
～番う双子の淫獣～

Kawaiko
かわい恋

CHARADE BUNKO

Illustration

藤村綾生

CONTENTS

学園性奴～番う双子の淫獣～

prologue

藍月龍《ラン・ユエロン》がクリストファー家にやってきたのは、年が明けてすぐのことだった。

応接間の三人がけのソファの真ん中に、態度の大きな月龍が座っている。

薄い笑みを浮かべた整った顔は五年前とちっとも変わらないのに、醸し出す雰囲気が黒々と渦を巻いているようだ。

こんなに悪辣《あくらつ》な空気を持った男だったろうか、とツェンは思った。全身黒ずくめのスーツ姿がより拍車をかけている。

月龍はソファの背に両腕をかけ、組んだ長い脚をぶらぶらさせた。

目にかかる長さの黒い髪、黒い瞳《ひとみ》。三十代も半ばを迎えて渋みを増した月龍は、夜の世界の女性ならふるいつきたくなるだろうと思うような暗い色香を撒《ま》き散らしている。

月龍は右手に持った煙草《たばこ》の灰が落ちてソファを焦がすのも構わず、部屋に入ってきたツェンとカイ・ヤンを睥睨《へいげい》した。テーブルを挟んで、月龍の前のソファには二人の両親が座っている。

父はがちがちに強張《こわば》った面持ちに卑屈な愛想笑いを無理矢理貼《は》りつけて、双子の息子たちを迎えた。母は青い顔をしてうつむいている。

月龍がゆったりとひと口煙草を吸い込む。静かな空間に、煙草が燃えるジッという音がした。

「久しぶり。ツェン、カイ・ヤン。今年は九年生になるんだったな。ずいぶんきれいに育ったじゃないか。ま、想像通り、といったところかな」

値踏みするような視線に、ツェンは居心地の悪いものを感じた。

五年前に一家で姿を消した月龍が突然目の前に現れ動揺している。以前はずいぶん親しくしていたものの、最後に会ったのは自分たちが九歳だった頃の話だ。どんな態度をしていいかわからない。

隣に立つ双子の兄、カイ・ヤンをちらりと見る。カイ・ヤンは無表情を保ったままだが、月龍を歓迎していないことは弟である自分にはわかる。カイ・ヤンは幼い頃から月龍が苦手だったから無理もないが。

カイ・ヤンは到底口を開きそうにないので、ツェンが挨拶《あいさつ》をした。

「お久しぶりです……。あの、お元気そうでなによりです」

月龍の笑みが消える。

急に冷たくなった空気にぞくりとするものを感じながら、いまのは失言だったろうかと思ったが、どう考えても型通りの挨拶だ。

月龍はすぐに口端をつり上げると、煙草の先をソファに押しつけて火を消した。無礼な行動に眉《まゆ》をひそめる。だが両親はなにも言わない。

こんなことをする男ではなかった。人を食ったような態度ではあったけれども、少なくとも礼節をわきまえた行動をしていたはずだ。子どもだった自分に対しても甘いことはなかったが、その代わり一人の人間として対等に扱ってくれた。そんな月龍が大好きだったのに。

月龍は両親に向かって傲慢《ごうまん》に顎《あご》を上げた。

「いいだろう。この容姿なら特待生としては充分だ。しかも双子と来れば価値は跳ね上がる。調べさせてもらったが、学力の面でも二人とも問題はない。通常より高い奨学金を得られるよう、俺が学園に口利きしよう」

「ほ、本当か月龍！　助かる、ぜひよろしく頼む！」

父がソファから腰を浮かせて喜ぶ。なんの話をしているのかちっともわからない。

ただ、嫌な予感がした。

ツェンの父は米国人、母は中国人である。

父、ザック・クリストファーは、米国に住む中国人向けに中国食材を販売する会社を経営している。中国人である月龍の父はそこで働いていたが、ツェンの母の遠縁ということもあり、家族ぐるみでつき合っていた。月龍も頻繁にクリストファー家に出入りしていたものである。

五年前に月龍の父が転勤になったと聞かされ、藍家とは音信不通になってしまった。別れの挨拶もなく、突然に。

当時医師になるために研修医として働いていた月龍ともそれきりだ。

月龍になついていたツェンが手紙を出したい、電話をしたいと両親に言っても、事情があってダメなのだとだけ言われた。寂しかったが、子どもだった自分にはなにもできなかった。

あれからもう五年。

とてもではないが馴《な》れ馴《な》れしく話しかけられない空気をまとって、月龍は再び現れた。

「おまえらの親父《おやじ》の会社の経営が思わしくないのは知ってるか」

急に月龍に質問されて、どきりとした。おまえだとか親父だとか、少なくともツェンの両親の前でこんな話し方をする人じゃなかった。ひどい違和感だ。

「知って……ます」

くわしくはわからないが、ここずっと崖《がけ》っぷちで保たれてきた父の会社が、いよいよ危ないらしいことは感じていた。金策が尽き、すでに抵当に入っているこの家も出ていかなければならないかと覚悟していたところである。

「そこでだ。おまえらには秋から金の鷲《エーグル・ドール》という学園に入学してもらう。俺の職場だがな」

聞いたことのない学園だ。

だが自分たちの進学と会社の経営と、なんの関係があるのだろう。

「特待生という枠があるんだ。わかるだろ？　奨学金をもらって勉強する学生だ。エーグル・ドールの奨学金は高額だぞ。二人で特待生になれば、おまえらの親父の会社も当面はしのげる。そこに俺がおまえらを推薦してやる」

そんなうまい話があるのだろうか。

疑問に思って父を見ると、媚《こ》びたような笑みを作ってうんうんと頷《うなず》いている。

「ただし、条件がある」

月龍の顔に暗い笑みが広がり、ツェンの背中に冷たいものが走った。

誓約書

一、すべての生徒は単身で入寮し、学園の規則に従って生活すること
二、安全のため、生徒および職員の身元、氏名は外部に公表しない
三、学園についてのいかなる情報も第三者への口外を禁ずる

以上の事柄は本学園に在学中、遵守しなければならない。二、三については生徒の在学、休学期間、および卒業、退学後のいずれにかかわらず効力を発揮するものとする。

1

ベッドに横になって一時間以上。

ちっとも眠気が訪れない。明日は出発だというのに。

ヨーロッパにある全寮制のエーグル・ドール学園に入学するため、明日にはアメリカを発《た》たねばならない。

何度も寝返りを打ち、目を瞑《つぶ》っては、気づけば開いてぼんやりと壁やシーツを眺めている。目を閉じれば藍月龍《ラン・ユエロン》の斜に構えたような表情がまぶたの裏によみがえる。年明けに彼がクリストファー家を訪れてから約七か月、すでに数回顔を合わせた。

いったいなぜ彼はあんな人になってしまったんだろう。

たしかに昔からシニカルな雰囲気をまとった人だった。誰に対しても優しいなどという八方美人なこともなく、好き嫌いははっきりとしていたし、集団で行動するよりなんでも一人でさっさと動いていた。

けれど他人を寄せつけないかというとそうでもなく、自分だってずいぶん可愛《かわい》がってもらったし、遊びに連れていってくれたことも覚えている。

大好きだった。多忙な彼が遊びに来てくれると嬉《うれ》しくて、ずっと後をついて回った。歳《とし》は二回りも離れていたけれど、本当の兄のように慕っていたのだ。彼が帰ったあとは寂しくて枕《まくら》を濡《ぬ》らすほど……。

——哥哥《グーグ》

中国語で「お兄ちゃん」という呼びかけだ。二人でいるときにはそう呼びたいと、月龍にお願いをした。月龍も構わないと言ってくれた。

とても些細《ささい》なことだけれど、二人の秘密というだけで特別な気がした。自分は兄ができたようだし、月龍も弟ができたようで嬉しいのかもしれないと思っていた。

胸の中がもやもやする。

月龍が高額の奨学金が支給される特待生などという話を持ちかけてきたのはわからなくもない。父の会社が潰《つぶ》れれば月龍の父だって路頭に迷うのだから。そこでツェンたちを待ち受けている現実がいかにひどいものであろうとも……。

それとは別に、なにがこんなに納得できないのだろうと自問して、ふと子どもの頃に自分を見てくれた月龍の表情を思い出した。

やっと気づいた。

目だ。

まるで憎まれているような視線に傷ついたのだ。

そう思ったら急に悲しくなった。なんであんな目で見られなければならないのだろう。少なくとも自分と月龍の間に嫌われるような出来事があったと思えない。それなのにあんな卑《ひ》怯《きょう》な条件までつけて。

思い出したら煮えたぎるような怒りが湧《わ》いてきた。悲しみと怒りがごちゃまぜになって、余計に目が冴《さ》えてしまった。このままでは到底眠れそうにない。

仕方なく起き上がり、ベッドから下りる。

最後にもう一度とトランクの中身を点検して、ツェンは顔を上げた。

壁には来週から入学するエーグル・ドール学園の制服がかかっている。学園名にもなっている金の鷲《わし》のエンブレムが胸についた紺のブレザーと、グレンチェックのズボン。エンジ色の細タイ。上品で仕立てのいい制服は、自分にとっては囚人服と同様である。

制服から目を逸《そ》らし、部屋をぐるりと眺めた。

ひと目で気に入って買ってもらった現代画家の絵、所属していたバスケチームが優勝したときのトロフィー、亡くなった祖母が誕生日にくれた大きな辞書。

どれも想《おも》い出がたくさん詰まった愛着のある品々だ。自分たちが特待生となって高額な奨学金を得ることで、出ていかずに済むことになった家。九歳と七歳の妹たちが家を奪われずにいられるのだけは素直にありがたい。

まとまった休みには帰宅することも可能だが、いちばん早くておよそ四か月先のクリスマス休暇である。

これから始まる寮生活を想像すると、四か月なんて途方もなく先の話に思えた。不安と緊張で胃がきりきりと痛む。九年生から十二年生までの四年間、自分は耐えられるのだろうか。

いや、自分よりも――。

ツェンは壁に耳を押し当て、隣の部屋にいるはずの双子の兄の様子を探った。なんの音も聞こえない。

カイ・ヤンは自分よりよほど繊細だ。共に学園に入学する彼は、きっと自分と同じく眠れぬ夜を過ごしているだろう。

今夜は一緒にいた方がいいかもしれない。

ツェンはパジャマのまま廊下に出ると、カイ・ヤンの部屋のドアをノックした。

返事はなかったものの、そっとノブを回してドアを開ける。

月明かりだけが忍び込む部屋で、カイ・ヤンは丁寧に作られた人形のような顔をしてベッドに腰かけていた。小さな唇を結んで宙を見ている。

自分と同じ顔でありながら、カイ・ヤンはとても美しく見える。活発で少年らしいツェンとは対照的に、もの静かでどこか寂しげな雰囲気を持っている。自分とは違って髪を伸ばしているのも一因かもしれない。

「カイ……」

カイ・ヤンをカイと短く呼ぶのは自分だけである。カイ・ヤンのヤンは中国人である母の姓の名残《なごり》だ。母の強い希望で入れられたらしいが、自分は親しみをこめて、カイ・ヤンの本当のファーストネームに当たる部分だけを呼んでいる。

カイ・ヤンは息もしていないようにじっと動かない。まるで自分の存在が誰にも見えなくなればいいと思っているみたいに。

「カイ」

もう一度名前を呼んで、カイ・ヤンの隣に座る。肩に腕を回し、手のひらで肘《ひじ》までを何度も往復してさすった。

さすり続けるうちにカイ・ヤンの体からだんだん力が抜けて、ツェンに体重を預けてくる。肩口に顔をうずめるくらいまで寄りかかられると、細い体を抱きしめた。

さらりとした薄茶の髪に、何度も口づける。

「カイ……、カイ……、心配いらないよ。おれがいるから。ずっと一緒だよ」

本当はツェンだって不安だ。泣いて叫んで逃げてしまいたい。

けれど自分よりも壊れそうなカイ・ヤンを見れば、自分がしっかりしなくてはと思う。

「……ずっと？」

「うん。ずっとだよカイ。おれたちは双子だろ。ぜったい離れない」

顔を上げたカイ・ヤンがツェンの瞳を覗《のぞ》き込む。

長いまつ毛が当たりそうな距離で見る兄の顔は、自分と同じとは思えないほど儚《はかな》げで美しかった。

「ツェン……」

カイ・ヤンの目が切なげに細められたかと思うと、唇同士が触れ合った。

それはほんの一瞬だったけれども。

「……カイ?」

呆然《ぼうぜん》と、至近距離で薄く唇を開いたカイ・ヤンを見つめた。

いま、なにをされた?

カイ・ヤンの声が震える。

「こういうこと、するんでしょ」

ツェンを見つめるガラスのような瞳から、透明な涙が零《こぼ》れ落ちた。

「たくさんの、学生に……、俺も、ツェンも……。からだ、を、じ、自由に……され……」

うまく息が継げずにしゃべるカイ・ヤンを見て、胸が潰れるような気持ちになる。

突然、ベッドに押し倒された。

驚いて見上げたカイ・ヤンの顔は、崖の上からはるか眼下の海を見つめる人間のようだった。

「……しよ、ツェン」

なにを？　と思ったときには、ツェンの唇はもう一度カイ・ヤンによって塞《ふさ》がれていた。

「ん……っ？」

柔らかく湿った舌が口内に侵入してくる。とっさに拒むことはできなかった。カイ・ヤンが自分に縋《すが》りついているのがわかるから。

「ツェン……、ツェン……、抱かせて。俺のことも抱いて。知らない人たちに汚される前に、二人で抱き合おう？」

カイ・ヤンは泣きながらキスをして懇願する。

その内容はおそろしいものだったけれど、カイ・ヤンの気持ちがわかる気がした。

自分たちはこれから、学生たちの欲望のはけ口になるために「特待生」として学園へ行く。在学中の四年間を性奴として過ごすため身を売ったのだ。

まだ他者の体も知らない少年に与えられるには、過酷な現実が待っている。逃避したいのだ、このおぞましい世界から。けれど……。

「ダメだよカイ。おれたちは兄弟だよ。そんなこと神さまが許さない。どんな状況でも、おれたちは人間としての矜持《きょうじ》を保っていこう」

カイ・ヤンは恐怖のあまり混乱しているのだ。

涙で濡れる頰《ほお》を手のひらで撫《な》でると、カイ・ヤンは一瞬顔を歪《ゆが》ませ、それからゆっくりとまぶたを下ろした。

「……じゃあ、触るだけ。おねがいツェン、おねが……だか、ら……」

それ以上は拒めなかった。

守らなきゃ、と思った。

自分が守らなかったら、傷つきやすい兄は現実の重さに耐えきれず壊れてしまうだろう。

入学したら否応《いやおう》なしに性行為を強要される。少しでも経験して覚悟しておきたい、初めてくらいは心を許している相手としたいと思うのは当然だ。

「カイ……」

躊躇《ためら》いながら、震える唇に自分の唇を押しつけた。不器用で少し狙《ねら》いが外れてしまったけれど。

怯《おび》える心を宥《なだ》めるように角度を変えてもう一度触れ合わせる。子どもの頃にしたおやすみのキスみたいに愛情をこめて。

カイ・ヤンのまつ毛に絡んだ涙を唇で拭《ぬぐ》って離れた。

目の縁を赤く染めたカイ・ヤンの額に額をこつんとぶつけて囁《ささや》く。

「……最後までは、しないよ？」

病気を伝染《うつ》されたり、怪我《けが》をしたりといったことに充分注意するよう学園側からも言われている。一般的な注意を促しているかのようだが、おそらく特待生の役目に差し支えが出ないようにだろう。

生まれたときから側《そば》にいるカイ・ヤンに特別な感情を抱いたことはないけれども、いまは触れ合わなければいけないと思った。心を落ち着かせ、覚悟を持つために。

見つめ合って、細い糸で引かれるようにゆっくりと唇を重ねた。

「愛してるよ、ツェン……」

「おれも……、愛してる、カイ……」

この「愛してる」は家族への愛だ。家族同士で言う「愛してる」が恋愛の意味を持つことはない。それなのに——。

「ツェン……」

「ん、カイ……」

不思議だった。自分と同じ顔と、キスをしている。性的で淫《みだ》らなキスを。

ミドルスクールのときの彼女とだって、啄《ついば》むようなキスしかしたことがない。なのに兄と弟で。

唾液《だえき》を混じり合わせ、息を呑《の》み込み合って長い、長いキスをしている。

初めてなのに相手の動きがわかった。タイミングがぴったり合う。これは双子だからなのだろうか。

「愛してる……」

「愛してるよ……」

呟《つぶや》きながら、キスを深めていく。

鏡を見ているみたいだった。そっくり同じ目の色、鼻の形、動き方――。

いつだったかカイ・ヤンが鏡にキスをしているのを見たことを思い出す。

ツェンがドアの陰にいるとは知らなかったのだろう。洗面所に立ったカイ・ヤンは切なげに鏡を見つめ、そっと唇をつけた。

見てはいけないものを見た気がした。覗くつもりではなかった。

瓜二《うりふた》つの兄弟でありながら、自分と違って兄は真面目《まじめ》で繊細でもの静かだ。キスの練習をしているんだと思った。好きな人がいるんだ、言えないけど――前にそう言っていたことを思い出したから。晩熟《おくて》でキスができず、こっそり練習をしているのだろうと。

薄く目を開けてカイ・ヤンを見る。

カイ・ヤンはとても淫靡《いんび》に見えて、同じ顔でも自分がこんな表情ができるとは思えない。

カイ・ヤンはすごくきれいだ。見ていると脳が熱くなる。

あんなに苦しげな表情で想っていた相手と添えず、こんなことになるなんてと思ったら、可哀想《かわいそう》で泣きたくなった。

「カイ……、好きな人、いるよね？」

カイ・ヤンも薄目を開けた。

「……いるよ」

「こんなことになって辛《つら》いね……」

ミドルスクールを卒業する前に告白はできたんだろうか。もし気持ちを受け止めてもらえたとしても、先はまったくないけれど。

「平気だよ」

言いながら、自分を見つめるカイ・ヤンの目が熱い。

「ツェンが一緒なら、俺は平気……」

鼻の奥がツンとした。

兄が頼れるのは自分しかいないのだ。同じ境遇で同じ魂を持つ自分しか。たまらなくなって、より深く口づけた。

「ふ……っ」

ベッドの上で、二匹の魚のようにもつれ合う。下肢がぶつかって、互いの劣情を知った。

思わず唇を離し、困惑した目でカイ・ヤンを見る。

カイ・ヤンも胸を喘《あえ》がせてツェンを見た。

しばらく見つめ合ったあと、カイ・ヤンは意を決したようにパジャマを脱ぎ始めた。シャツのボタンを外して腕を抜き、薄いズボンを下着ごと引き下ろす。

降り注ぐ月光が輪郭を縁取って、優美な少年の肢体が浮かび上がった。

まだ成長途中の細い腰、仔猫《こねこ》のようにしなやかな手足、滑らかな白い腹。そして体の中心には、淡く色づいた雌蕊《めしべ》のような陰茎が勃《た》ち上がっている。

「ツェンも脱いで」

乞《こ》われ、自分も急いでパジャマを脱いだ。

膝立《ひざだ》ちで向かい合わせになると、本当になにもかも瓜二つだった。陰茎の形さえ。違うのは髪の長さくらいだ。

そのせいか、自分以外の人間の勃起《ぼっき》を見るのは初めてだったが、まったく違和感も嫌悪感もなかった。

「触っていい?」

「うん……」

カイ・ヤンの華奢《きやしや》な指がツェンの脚の間をツッと撫で上げ、ツェンは腰をびくっと揺らした。

――こういうことをするのだ。

急に現実感が押し寄せてきた。

柔らかな手に包まれ、自分の陰茎がどくどくと脈打っているのがわかる。初めて知った他者の手は、驚くほど心地《ここち》よかった。

カイ・ヤンは恥ずかしげに目を伏せ、頬を上気させながら手の中でツェンの分身をこね回す。透明な露を結ぶ先端を親指でなぞられて、突き刺さるような感覚に思わず腰を引いた。

「カイッ……、そこ痛い……！」

「あ、ごめ……っ」

自分でするときにも敏感すぎて触れない場所だ。

うっすら浮かんだツェンの涙を、ごめんねごめんねと謝りながらカイ・ヤンが唇で拭う。

「大丈夫……、おれも、触っていい？」

カイ・ヤンは少女のように頬を染め、うん、と頷いた。

膝立ちで向かい合ったまま、膨らんだ先端同士をひたりとくっつける。ツェンはカイ・ヤンの、カイ・ヤンはツェンの肉茎を摑《つか》んだ。

手の中の熱さが気持ちよくて、自分ならこれくらいがいいと思う強さできゅっと握る。カイ・ヤンも同じように握り返してくれ、二人は自然にゆっくりと手を上下に動かし始めた。

「すごい……すごくエッチなことしてるね……」

上から見下ろすと双頭の蛇《へび》が絡み合っているようで、淫猥《いんわい》すぎる眺めだった。

興奮を隠せない表情で、カイ・ヤンがキスを求めてくる。ツェンも素直に唇を開いてカイ・ヤンの舌を受け入れた。

「あ……、はぁ、あぁ……、すご……いい……」

性的なキスが興奮をあおり、ますます雄を握る手に力が入る。

不器用に動く指がぶつかった。二度、三度とぶつかると二人とももどかしくなって、とうとう二本をひとまとめに持って扱《しご》き始める。

裏筋同士が擦れ合うのが最高に気持ちいい。息が上がってキスが辛くなる。

荒い息をつきながら唇を離し、相手の肩に額を擦《こす》りつけるようにして夢中で行為を続けた。

「みて……ツェン……、すごい、やらしい……」

上から見ると、丸い亀頭が二つ。動きに合わせてにちにちと閉じ開きする小さな切れ込みから透明な蜜《みつ》が滲《にじ》み出し、重ねた指をとろとろと伝い落ちていく。

一人でするときにこんなに先走りが出ることなんてない。それだけ感じているのだと視覚でも認識すると、痺《しび》れるような快感が背筋を駆け上った。

人の体ってなんて熱い――――！

亀頭が赤みを増して膨れ上がり、手の中の熱がひときわ硬く、太く張りつめた。

「あ、あ、でるっ……、でっ、でるよカイ……、い、く……っ、っ、っ！」

「あ……、あああぁぁ……――っ」

どぷっ、と先端が弾《はじ》け、白い溶岩のような灼熱《しゃくねつ》が腹の間に飛び散る。

白濁は臍《へそ》の上まで跳ね、腹を伝って薄い下生えを濡らした。

強烈な快感に、残滓《ざんし》をしぼる手を止められない。搾乳のように根もとから扱き上げるたび、あとからあとから零れてきて、二人の手指をしとどに濡らした。

「あ……、ああ……」

心臓がばくばくいっている。腿《もも》がぶるぶると震えた。体を支えられず、二人でベッドに沈み込む。

裸のまま抱きしめ合った。汗と、精の匂《にお》い。

恋情は感じないけれど、深い愛情が溢《あふ》れた。愛《いと》しくて愛しくて、泣きそうになる。こんなに愛しい人がこの先辛い目に遭うのだと思うと、胸が張り裂けそうだった。自分のことなんかより、カイ・ヤンの心配しかできない。

せめて今夜だけでも、優しい眠りを与えてあげたい。

「ずっと一緒だよ、カイ」

こくりと頷いたカイ・ヤンの頭を胸に抱き、髪を撫でる。

二人は抱き合ったまま目を閉じた。

*

入学式は荘厳な礼拝堂で行われた。学長による式辞、新入生代表による宣誓など、型通りに進行する。列席しているのは学校関係者と生徒だけで、保護者の姿はない。

式は粛々《しゆくしゆく》と進み、生徒たちは品行方正を絵に描いたようにみな背筋を正していた。ここだけ見ればたしかに上流階級の子弟が集まる一流校だ。

エーグル・ドールは知識階級に就く人材を養成するための全寮制の学園である。世界の各地から集まった学生は九年生から十二年生まで、合計二百名ほど。学園内の公用語は英語。

学園の名は一般的には知られていないが、徹底した秘密主義で生徒の安全を守り、未来の指導者たる人材同士の繋《つな》がりを持てる場として、一部の富裕な階層に人気がある。そのため学園内で起こることはすべて秘匿《ひとく》される。

学園は生徒のために「特待生」という性欲のはけ口を作った。特待生は口止め料を兼ねた多額の奨学金と引き換えに、学園での生活を性奴として過ごす。名家の子弟である生徒たちが学園外で礼節を保ち、下世話な問題を起こさないようにとの配慮である。

特待生は一学年に二名。それぞれ事情があって身売り同然でやってくる彼らはみな、容姿が優れている。

学園始まって以来の〝双子の特待生〟のうわさは、入学初日に学園中を駆け巡った。

「知ってるか、今年の特待生！」

「見た見た、双子だろ⁉」

「すげえ、あれ並べてしたら興奮するだろうな」

在校生との対面式が終わると、生徒たちの視線がツェンとカイ・ヤンに集中した。

あまりの無遠慮ぶりに、こんなところが一流校なのかとツェンは醒《さ》めた気持ちになった。

式が終わると、生徒は各自の部屋に戻っていく。ツェンとカイ・ヤンは隣同士の部屋に配置された。

寮はすべて個室であり、ベッドと机とソファ、壁には作りつけの書棚とクローゼットがある。ベッドのサイズが通常のシングルよりもずっと大きいことに後ろ暗い意味を感じ、吐き気がした。

ツェンは荷物を置き、すぐにカイ・ヤンの部屋を訪れた。自分より繊細な兄が心配でたまらない。あれだけ生徒の好奇の視線に晒《さら》されて、ツェンですらすでに神経がやられそうだというのに。

カイ・ヤンは思ったより平然とした様子で窓の外を見ていた。

ホッと安堵《あんど》するとともに、こちらを見ようともしないカイ・ヤンに胸がざわついた。

「なに見てるの?」

問いかけると、「別に」と短い返事が返ってくる。

不安になって、カイ・ヤンの正面に回った。目を合わせると、ガラスみたいに無表情な瞳が自分を見返す。

「カイ……」

「約束しよう、ツェン」

妙に抑揚のない声だった。

「なにを?」

「絶対に、自分から命を絶ったりしないって」

一瞬、のどにものが詰まって息ができなくなったかと思った。

胸の奥がじわりと痛んで、汗をかいたように重苦しくなる。

「なにがあっても、誰になにをされても。一緒にこの馬鹿げた牢獄《ろうごく》を卒業しよう。卒業したら、誰もいないところに行って二人で暮らそう」

二人でいるぶん、単身で入学する特待生より心強いだろう。けれど屈辱も二倍になる。自分の大事な分身が、大勢に弄《もてあそ》ばれるのを見なければならないから。

カイ・ヤンが持ちかけた約束は、彼自身の心を保つためのものだろう。我慢していれば四年後には必ず来るはずの幸せな約束。そんなものでもないと、いまを乗りきれない。平然としているように見えたのは、そう振る舞っていないと壊れてしまいそうだからだ。

カイ・ヤンの悲痛な覚悟が心に沁《し》みた。

「うん……。二人で暮らそう、カイ」

自分たちを売った両親と離れ、傷を癒《いや》し合って。

どちらからともなく身を寄せた。心臓の音が聞こえるくらいまで近づく。冷たい指先を絡め合ったとき、ノックもなくドアが開いた。

二人でドアの方を振り向くと、開いた戸口に月龍がにやにやと笑いながら立っている。

ツェンは憎悪をこめた目で月龍を睨《にら》みつけた。自分たちに値をつけた非道な男、両親をそそのかして息子を売り飛ばさせた憎い男。そして……。

「なんだ、仔猫同士で慰め合ってんのか」

からかうような口調で言われてカチンときた。

「ノックくらいしたらどうだ」

マナーすらないのかと失礼を責めたつもりが、くっと体を折って笑われた。

「誰がおまえらの部屋に入るのにいちいちノックするんだ。特待生の部屋に鍵《かぎ》がついてないのはどうしてだと思ってる。いつでも好きなときに部屋に入っておまえらを抱けるようにだ」

ぎり、と奥歯を噛《か》んだ。

特待生にはプライバシー一つない。わかっていても、この男の口から言われれば悔しかった。

「なにしに来たんだよ」

「ご挨拶だな。〝恋人〟の部屋を訪れるのに理由がいるのか」

カッと怒りで体が火照《ほて》った。

あの日。

ツェンとカイ・ヤンを値踏みに来た日。

月龍はもったいぶって「条件」を話しだした。

――なにせ外部に対しては品行方正を売りにした、上流階級御用達《ごようたし》の特別な学園だ。父は追従するようにうんうんと頷いた。

――俺や教師にも行動は気をつけろってうるさくてねえ。

そうだろうとも、とほほ笑みながら父は秘蔵のワインを月龍のグラスに注《つ》いだ。

――つまり、外で気軽に女も買えないいんだよ。

わかるだろ、と唇をつり上げた月龍に、母は強張った顔をしたが、頬を引きつらせながら愛想笑いを返した。

――ええ……、そうね、ええ、もちろんですわ。校医というお仕事柄、あまり学園を留守にもできませんものね。

父もわかったような顔で頷く。

――男の生理上、当然の欲求だな。きみもまだ若い。独り寝は辛いときもあるだろう。

三人の間で話がまとまっていくのを、双子は悪夢を見る思いで見つめていた。言葉はなにも出てこなかった。

月龍の話によれば、特待生は生徒のためのもの。教師は手出ししてはならない。

だが自由恋愛なら別である。特待生であっても恋人を持ってはいけないという決まりはない。そこにつけ込み、月龍は二人を恋人にするという。

この汚い男は学園に口利きする交換条件として、自分にも二人の体を自由にさせろと言ったのだ。

学園からか両親からか、きっと少なからず紹介料をせしめているに違いない。そのうえこの男は向こう四年間、無料で抱ける性人形を手に入れたのである。

どこまで意地汚い、いやらしい男だろう。六年前まで無邪気になついていた自分に怖気《おぞけ》を振るう。

会社と家を救うために息子を売り飛ばした両親より、クリストファー家が窮していると見てハイエナのようにやってきた月龍に憎悪が向いた。

「で、いま抱くの？　最初から三人でするのかな。とりあえず脱げばいい？」

カイ・ヤンが抑揚のない声で尋ねる。頭のよい兄はとうに割り切って、心を殺しているのだろう。

月龍は楽しげに笑った。

「ものわかりのいい子は好きだぜ。せっかくだから初物をいただきたいとこだがな、さすがにそこまで奪うのは生徒たちに申し訳ないだろ？　慣例として、新入学の特待生は十二年生の主席がいちばんに味わっていいことになってる」

知れば知るほど下品なシステムだ。これが上流階級の子弟しか通えない学園だなど、聞いて呆《あき》れる。

「おまえらの緊張を少しでも減らしてやろうと、俺が迎えに来てやったんだ」

迎え？

疑問が顔に出たのだろう。月龍はにやりと笑った。

「来い。新しい特待生の歓迎会だ。今夜は最上級生のお兄さんたちにたっぷり遊んでもらえるぞ」

爪《つめ》が皮膚に喰《く》い込むほど拳《こぶし》を握りしめた。そんなツェンの反応を、月龍はおかしそうに見ている。まるで憎しみの目で見られることを楽しんでいるみたいに。

彼は変わってしまった。かつて哥哥と呼んであれほどなつき、大好きだった月龍はもういない。六年の間にいったいなにがあったのか自分には知る由《よし》もないけれど、もうツェンの知る月龍ではないのだ。

すでに悲しみよりも怒りしかなかった。

カイ・ヤンがツェンの手を強く握る。

月龍はそれを見て、「お手て繋いでご登場か。あいつらも盛り上がるだろうな」と小馬鹿にしたように笑う。

「盛り上がりすぎた奴らに壊されないように、俺が見張っててやる」

馴れ馴れしく二人の肩を抱いた月龍の手を振り払い、きつく睨みつけた。どうせ自分たちが嬲《なぶ》られる姿を見て楽しむつもりのくせに。怒りで恐怖が薄まるほど腹が立った。月龍の笑いが癇《かん》に障る。

月龍に連れられていった一階のサロンでは十二年生たちと、十二年生の特待生と思われる美貌《びぼう》の少年たちが二人を待ち構えていた。

サロンはテーブルやソファが置いてあり、歓談室のような広い空間である。普段はここで茶でも飲みながら、生徒たちが交流するのだろう。

「さあ、楽しいパーティーの始まりだ」

狼《おおかみ》の群れに囲まれた羊の気分で、ごくりと唾《つば》を飲む。ざっと見回しただけでも二十人以上の目が二人を見ている。

まさか全員に突き込まれるということはないだろうが、それでも複数の男に抱かれ、体中を淫液塗《まみ》れにされるのだと思うと、あらためて背筋がぞっとした。

十二年生の特待生が、小さな錠剤を唇に挟んで二人に口移しで飲ませる。妙な薬を飲まされることに不安はあったが、医者である月龍も傍観しているので、こわごわ飲み込んだ。

飲み込んでしばらく経《た》つと、急に体の芯《しん》が熱くなった。どろりとしたなにかが腰の奥で渦を巻く。脚のつけ根がきゅうんとしぼられ、思わず内腿を擦《す》り合わせた。

「……なに？」

心臓がどくんどくんと早鐘を打ちだす。怖くなってカイ・ヤンを見ると、すでに蕩《とろ》けた目でソファにもたれかかっていた。

十二年生の特待生が、二人のブレザーを脱がす。首から抜かれたタイで両手首をまとめて縛られたのを皮切りに、十二年生がツェンとカイ・ヤンに群がった。

月龍が薄笑いを浮かべて二人を見ている。

地獄の四年間の始まりだった——。

2

「大好きなお兄ちゃんたちへ

カイ・ヤン、ツェン、元気ですか。わたしは元気です。
クリスマスのときに会った二人がとってもやせてしまってたから心配です。
ちゃんとごはん食べてね。あいしてます。

リン

わたしははっぴょうかいでスノーホワイトになったよ。
しゃしんおくるね。
おべんきょうがんばってください。

シンディ」

妹たちからの手紙をカイ・ヤンと読んで、写真を眺めた。
授業は選択制なので、空き時間は自由に過ごすことができる。できるだけ一緒にいたくて、可能な限り同じものを選択した。こうやって週に数回は二人だけの時間を持てる。

けれど特待生は自室にいるといつ誰に襲われるかわからない。一月の凍《こお》るような気温の中、カイ・ヤンと二人で寮の中庭に来ていた。目立たないよう、隅の花壇の縁に並んで腰かけている。

エーグル・ドールの長期休暇は年三回。十二月のクリスマス休暇と三月のイースター休暇はそれぞれ三週間程度、夏季休暇は六月から八月末までの約三カ月である。その間学園は完全に閉鎖され、教師も生徒もそれぞれ帰省する。

入学後初めての帰省でリンに心配をかけてしまって心苦しい。四年生になったリンはどことなくカイ・ヤンに似て、聡明でもの静かな女の子だ。まさか兄たちが体を売っているとは知らないだろうが、慣れない寮生活に馴染《なじ》めず体を壊さないかと心配してくれる。

リンの二歳下のシンディは活発な女の子でいつも男の子を泣かせているが、写真の中ではドレスの裾《すそ》をつまんで女の子らしくしている。愛らしい様子に、ツェンの口もとが弛《ゆる》んだ。

「シンディ可愛いね」

ツェンの肩に頭をもたせかけているカイ・ヤンに写真を見せた。

「うん……」

カイ・ヤンの視線は虚《うつ》ろに宙に浮いていて、写真を見ているのかさえわからない。膝の上に投げ出したカイ・ヤンの白い手首に縄の痕《あと》がついているのを見て胸が痛くなる。

昨夜《ゆうべ》は誰かに縛られたのだろう。制服に隠れて見えない部分にもついているのかもしれない。憔悴《しょうすい》した様子が痛々しかった。

カイ・ヤンは不安定になっている。常に生徒の影に怯え、そうでないときはぼんやりとしていた。割り切っているふうを装っていても、もともと繊細な性質なのだ。無理もない。生徒たちもつい気丈に振る舞ってしまう自分より、初心《うぶ》な反応をするカイ・ヤンの方が楽しいらしい。自分が一緒のときはできるだけ庇《かば》うようにしているが、別々にされてしまえばカイ・ヤンがなにをされていてもわからないのがもどかしかった。

「あ、双子発見しちゃったぁ」

ふいに背後から声がして、どきっとしながら振り向いた。

やはり空き時間らしい数人の上級生が、こちらに向かって歩いてくる。

「きみたちも空き時間なんだ？　じゃあつき合ってよ。昨夜の続きしようよ、カイ・ヤン」

言葉から、昨夜カイ・ヤンに乱暴を働いたのがこの上級生だとわかった。こいつが、と思うと殴りつけてやりたいほどだった。

当たり前に体を要求され、腹の底が沸き立つ。

基本的には特待生と〝恋愛〟できる時間は夕食後から消灯までというルールがある。だが見つかってしまったら従わざるを得ない。いま拒否をして機嫌を損ねれば、夜の無体が一層苛烈《かれつ》さを増すだけだからだ。

「ほら、こんな寒いとこじゃ風邪《かぜ》引いちゃうから中に行こう」

悔しい、悔しい、悔しい！

「待てよ、縛るならおれだけに……」

上級生たちに腕を引かれ、立ち上がらされたときだった。からかうような声音が彼らを遮る。

「おいガキども。俺の恋人に手を出すな」

月龍《ユエロン》が壁にもたれてこちらを見ていた。

いつの間に——。

本当に影のような男だ。音もなく移動して、気づくとすぐ側に立っている。黒一色で統一した出で立《いた》ちはまるで悪魔だ。

「おまえらの時間は夕食後からだろう。それまでこいつらは俺のものだ。待ち合わせしてたんだから邪魔するなよ」

生徒たちはどこか楽しげに、

「えー、ずるいんだ藍《ラン》先生」

「先生にそう言われちゃうとな」

自分たちのリーダーででもあるかのように月龍を見る。

他の教師の前では品行方正な生徒を演じている彼らも、月龍とは仲間のような気持ちでいるらしい。素の姿を晒している。

ツェンとカイ・ヤンが自分の恋人であると生徒たちに公言し、体の関係があることを隠しもしない月龍は、彼らにとって「理解ある大人」としての位置を得ているようだ。月龍の持つ露悪的な雰囲気に十代の少年が憧《あこが》れるのも不思議はない。

「行くぞツェン、カイ・ヤン」

月龍は生徒たちの腕から二人を奪い、見せびらかすように腰に手を回して歩きだす。待ち合わせだなどと嘘《うそ》をつかれ、本当は大嫌いなこの男と恋人と思われることは不本意だが、少なくともカイ・ヤンを彼らから遠ざけてやれるなら我慢する。

「先生、3P?」

「やらしいんだぁ」

生徒たちも月龍を囃《はや》し立てながら、「じゃあ、また夜な」と二人に向かって手を振った。

誰が振り返すものか!

月龍はときどきこうして生徒たちに、自分と双子が恋人関係であると示してみせる。それが生徒たちの、ツェンとカイ・ヤンに対する行為への抑止力になっていることは否めない。感謝なんてしないけれど。どうせ自分が性欲を処理する玩具《おもちゃ》の状態を整えておきたいだけだろう。

だがそのおかげで助かっている。月龍相手なら少なくとも昼間は一人で済む。

そして月龍は思ったほど頻繁には体を求めてこない。せいぜいのところ月に一、二度。まるで恋人としての体裁を保つ程度である。楽といえば楽だが、世界一嫌いな男に抱かれるというだけでツェンは消耗してしまう。

生徒たちの姿が見えなくなると月龍は手を離し、カイ・ヤンを指さす。

「今日はおまえだ。来い」

月龍は二人を交互に抱くことにしているらしい。前回はツェンだったから、今回はカイ・ヤンの番だ。

カイ・ヤンは色を失《な》くした唇を震わせた。自身の体を抱きしめて下を向く。

そんな様子を見て、ツェンはカイ・ヤンを背に隠すように前に立った。カイ・ヤンを少しでも助けられるのは自分しかいない。こんな形でしかないけれど。

「今日はおれでいいだろ。カイは疲れてるんだ」

月龍は楽しげに片眉を上げる。

「麗《うるわ》しい兄弟愛だな」

くそ、と奥歯を嚙んだ。

馬鹿にされるのが腹立たしい。やっぱりこの男は嫌いだ。

「ツェン……」

涙を溜《た》めながら自分を見るカイ・ヤンに、振り向いて安心させるように笑いかけた。

「大丈夫。カイはもう少し休んでいきな。寒いけど」

月龍がカイ・ヤンに見せつけるようにツェンの肩を抱いた。

「じゃあな、カイ・ヤン。おまえのぶんまで楽しませてもらうぜ」

ツェンは月龍を睨みつけた。ただでさえ憔悴しているカイ・ヤンを罪悪感で苦しませるつもりか。

おとなしいカイ・ヤンも珍しく険しい目をして月龍を見返した。

月龍はカイ・ヤンと目を合わせた一瞬だけ表情を消し、またすぐに冷笑を浮かべた。

「うらやましいか」

なにを言ってるんだ。

うらやましいとは月龍に抱かれることか？　そんなことあるわけない。

カイ・ヤンは否定もせず、月龍と睨み合っている。二人の間ではいまの会話で通じているのだろうか。

やがてカイ・ヤンが負けたように下唇を噛み、目を逸らした。

「行くぞ」

ツェンは月龍に肩を抱かれたまま歩きだす。気になってちらりと振り向くと、カイ・ヤンは苦しげにツェンを見ていた。罪悪感だけではないような、熱を孕《はら》んだ目で。そう見えるのは、うらやましいかなどという言葉に引きずられているせいかもしれない。

医務室に入るなり、月龍は後ろからツェンを抱きしめた。

凍るような耳朶《みみたぶ》を唇で食《は》まれると、快感より心地よさでぶるっと震える。冷えきっていた耳を柔らかい唇の熱で温められると背中がぞくぞくした。

「冷たいな」

唇が何度も耳朶を往復する。

こんなふうにされるのは好きじゃない。月龍のことが嫌いだから。

月龍とのセックスはキスも甘い言葉もないが、それなりにこちらを感じさせようとしてくる。

でもそんなのいらない。性欲処理として事務的に突っ込んで射精してくれればそれでいい。本当の恋人みたいな真似《まね》をしたくないのだ。

いつも腕の中で熱くなって我を忘れさせられてしまうのが舌を噛みたくなるほど悔しい。だらしなく溺《おぼ》れてしまう自分も厭悪《えんお》している。

変な情緒は欲しくないから、脱がされるのを待つより、自分でさっさと脱いでしまおう。

コートのボタンをつぎつぎ外し、背中の月龍を振り払って袖《そで》を抜いた。続いてセーターも脱いで椅子《いす》の背に放る。

シャツのボタンに手をかけたところで月龍がくっくっと笑いだした。

「脱がせるのは男の楽しみだろうが」

くだらない。月龍を楽しませてやることなんか一つもしたくない。

「つぎ授業あるから。やるなら早くして」

「じゃあ口だけで勘弁してやる」

本当は口淫は大嫌いだ。突っ込まれるだけなら相手が勝手にすることで済むけれど、口淫は自分が奉仕している感が強くて気分が悪い。好きでもない相手にそんなことをするのが心底嫌だ。

けれど体への負担を考えると挿入より数倍楽なので、口でいいと言われれば拒否はしない。ベッドに腰かけた月龍の脚の間に跪《ひざまず》き、ズボンの前立てを開いてまだ力ない雄を取り出す。

早く終わらせたくて性急に擦り立てた。だが急ぎすぎているせいか、微妙にポイントを外してしまっているらしい。

「もっと気ぃ入れて舐《な》めろ。つぎの授業までに終わらねえぞ」

「知らないよ。歳のせいで勃ちが悪くなってんじゃないの」

憎まれ口を叩《たた》くと、月龍はおかしそうに笑った。

「可愛くないな」

「あんたに可愛いとか思ってもらいたくないし」

会話をしたくなくてぐっと雄をのど奥まで呑み込む。しゃぶっているうちは会話をせずに済む。

月龍の雄は大きくて長く、とても全部呑み込みきれるものではない。初めてのときは上手く息が継げなくて窒息しかけたくらいだ。

さんざん生徒たちのものもしゃぶり、少しは慣れた。だんだん育ってきた陰茎の亀頭の丸みの下のくびれを輪にした指で扱きながら、根もとから舌の腹で舐め上げる。

黒々と光る雄はツェンの唾液で濡れそぼり、手を動かすたびににちゅにちゅといやらしい音を立てた。

無心で舌を這《は》わすツェンの頭を、大きな手のひらが撫でる。

思わず手で撥《は》ね退《の》けた。

「やめて。うっとうしい」

そんなので優しくでもしているつもりか。

「ほんっと可愛くねえな」

月龍が楽しそうに笑う。ツェンがなにを言おうとしようと、まるで仔猫がじゃれている程度の態度しかとらないのが憎らしい。

「俺が憎いか？」

まただ。

「憎いよ」

「嫌いだろう？」

セックスのたびに同じことを聞かれる。

でも「好きか?」なんて聞かれてへつらう言葉を求められるよりマシだ。

「大っ嫌い」

本当なら嚙みちぎってやりたい。でもできないから、少しは痛いだろうと思う強さで茎に歯を立てる。それでも月龍の余裕の笑みは変わらない。つくづく腹の立つ男だ。

「そうか。俺もだ」

なんなんだ、といつも思う。

嫌われていることをいちいち確認したがるなんて、こいつはマゾなんじゃないだろうか。

「怒っていられるうちは安心だな」

意味がわからない、と思いながら行為を続けた。

「おまえは変わらないな」

なんのことだ、と舐めながら目線で問うと、意外な言葉が返ってきた。

「おまえは昔からそうだ。兄妹になにかあるとおまえがいつも庇って、面倒な役目を引き受けてた。自分だって嫌なくせにな」

知ったふうなことを言われて癪《しゃく》に障った。だから返事はしなかった。

そうだったかもしれない。けれど様変わりしてしまったこの男の口から想い出を共有しているようなことを聞きたくない。

これ以上そんな話を続けられたら業腹なので、無理に違う話にした。

「さっきの」

「ん？」

「うらやましいかってなんなんだよ」

月龍はいつもの薄笑いを一ミリも変えないまま口をつぐんでしまった。

それ以上会話がなかったことを幸いに、ツェンは黙って口淫に没頭した。

＊

四月初旬。

イースター休暇を終え、学園に戻るとすぐにイースター祭だった。学園は業者の手によって飾りつけられている。

ツェンとカイ・ヤンも昼の間は色とりどりに塗られた卵を眺めたり、特別な料理に舌鼓を打ったりした。

夜、あんな目に遭うとは知らないで——。

「ハッピーイースター」

さんざん擦られ熱をぶちまけられた内腔《ないこう》に冷たいつるりとしたものが押し込まれて、遠くなった意識が引き戻される。

「ひ、ぅ……っ」

熱くなった蕾《つぼみ》が冷たさでぎゅっと閉じる。中に咥《くわ》え込んだ小さな硬質の塊《かたまり》を締めつけてしまい、異様な感覚に尻をひくひくと震わせた。

「そうそう、力入れて閉じておいてね。まだ三個だからね」

「あ……、あ……」

白濁を漏らしながら痙攣《けいれん》する蕾を親指で擦られ、ツェンは開きっぱなしの唇をわななかせた。床に膝をつき、ぐったりとソファに上半身を預ける。

寮のサロンには八名の特待生全員が集められ、あちこちから悲鳴や嬌声《きょうせい》、喘ぎ声が上がっていた。

壁に手をついて後ろから犯される者、前後から二人がかりで抱え上げられて犯される者、絨毯《じゅうたん》敷きの床に寝転がらされ、でんぐり返しのように尻を上に向けられて後孔に異物を挿入される者——。

ツェンはすでに重くなった下腹を手で押さえながら、周囲の狂態を眺めた。

こんな狂ったイベントが行われるなんて！

腸の中でごろごろとぶつかり合う異物の感触に、下腹が波打った。

「うう……」

初めての感覚に慣れず、ひたすら身を捩《よじ》る。

だがつぎの少年がツェンの腰骨を掴んで尻を上げさせ、硬直した性器を蕾に押しつける。

ツェンの背中にべっとりと貼りついた少年が亀頭で蕾を押し引きしながら、後ろから手のひらに乗せたものを差し出した。

濡れたツェンの瞳に、鳩《はと》の卵ほどの大きさのプラスチックケースが映る。イースターで子ども向けのエッグハントに使われる卵型のケースだ。普通は中に菓子や玩具が入っているものだが。

「今度はこれだ。なにが入ってるか楽しみだなツェン。ほら、しっかり濡らしておけよ」

「んぐ……」

ツェンの口に卵を押し込む。ツェンは涙目のまま必死に首を横に振った。咥えさせてもすぐに吐き出してしまうツェンの口が、手のひらで塞がれる。

——いやだ、いやだ、こんなの……！

尻の中には、これと同じものがすでに三つも押し込まれている。こんな状態で挿入されたら……。

ずぐ、と切っ先が肉環をくぐる。

「！！！　……――ううぅううっっっ！」

容赦なく楔《くさび》を突き入れられ、衝撃で視界が霞《かす》む。

入り口近くにとどまっていた卵が肉棒で突かれ、内壁を擦りながら奥へ移動した。さらに奥にあった二つの卵に当たり、体奥へと押しやられる。

「んんっ！　んっ！　んぐ、んぅ、ふ……っ、んーーー！」

緩いピストンでも、ごろごろ動く卵が白濁塗れの腸内を転がり、頭がおかしくなりそうな快感が生まれた。

ツェンの口を塞いで楽しげに腰を打ちつける少年が、わざとらしく指で頬を叩く。

「飲み込まないよう気をつけろよ。消化しないからな。あ、でも、飲み込んじゃっても下から出てくるのは同じか」

「言えてる」

周囲で見物していた他の少年たちが笑い声を上げる。

揶揄《やゆ》する少年の言葉にも、快感で霞む頭は反感を覚える隙間《すきま》もない。

「もっと腰振れよツェン。見ろ、兄ちゃんは頑張ってんぞ」

ツェンを犯していた少年が、口から手を離してツェンの尻をぱんと叩く。

「う……、ぅ……」

卵を咥えているせいで閉じられない唇から涎《よだれ》を零しながら、ツェンは顔を隣に向ける。すぐ横の壁に背をつけたカイ・ヤンが、正面に立った少年に片膝をすくわれて犯されているところだった。

「あっ、ああっ、あぁぁっ、あ……っ、京也《きょうや》……！　京也……、きょ……あああっ、あぁっ……！　おな、おなかが……、あ、もぅっ……！」

髪を振り乱し、目の前の少年に縋りついて悶《もだ》えるカイ・ヤンを犯すのは、日本人学生の京也だった。京也はことのほかカイ・ヤンを気に入っている。

「ああ……、可愛いなカイ・ヤン。おまえがいちばん可愛い。大きい卵をやるからな……」

「おなかっ……、お、おかしいよ……っ、もう、精液いっぱいでっ……、ちゃぷちゃぷって……、そんなっ、もぅ……、突かないでぇっ……！」

口端から蜜を零して喘ぐカイ・ヤンの快感が手に取るようにわかった。

立ったまま下から突き上げられ、精液の海を泳ぐいくつもの卵がかき混ぜられる。卵同士がぶつかって陰茎では届かない奥の奥まで突き当たり、狭い腸壁を転げ回っているのだろう。よすぎて逆に達せないほどの快感に苛《さいな》まれているに違いない。

ツェンも同様だった。

「う……、うぁ、う、う、ぅ……がっ、は……っ」

息が苦しくて、とうとう口から卵を吐き出す。あとはもう、涎を垂らしながら喘ぐだけだった。

「あああああ、ああっ、あぁぁぁっ……！」

突き上げられるごとに目の前が白くスパークする。腸壁と男の肉茎の間に挟まった卵がごりっごりっと敏感な膨らみの上を転がり回ると、強烈な痛みと快感の狭間《はざま》で獣のような声を上げた。

「あぅあっ、ああっ、ひぐっ、ぅう……っ！」

「あん、やん、や……、やぁっ、京也ぁ……っ」

ツェンとカイ・ヤンの喘ぎが不協和音のように重なり、空気を淫らな色に満たしていく。ツェンの視界にはもう、のぼせ上ったように肌を染めるカイ・ヤンしか映らなかった。

ねばねばと白く泡立つ精をまといながら京也の雄がカイ・ヤンに出入りする。何人分もの精を注ぎ込まれた肉筒は、すでに精溜めの壺《つぼ》と化している。動きに合わせて隙間から飛び散った。

「うあ……、出るっ、締めろツェン、零すなよ……っ」

どぷっ、と体奥に熱い迸《ほとばし》りを感じた。同時に自分の肉襞がぎゅうっと充溢《じゅういつ》を締めつける。もはや好き嫌いではない。淫具として慣らされた体は素直に快楽に従ってしまう。

少年は息を弾ませながらツェンの汗ばんだ背中にキスを落とし、男を抜いていった。

「ん……」

もはや抵抗もできない体に、吐き出した卵が挿《い》れられる。冷たさに尻を震わせるが、そこは従順に小さな塊を呑み込んでいった。

これで四つ。いつまで続くんだろう。

決まってる。彼らが満足するまでだ。

京也ももう絶頂を迎えるところだった。

「ほら……、いくぞ……、出すぞカイ・ヤン……！」

「あーーー……っ！」

激しく突かれ、宙に揺れるカイ・ヤンのつま先が伸び、親指だけがぴんと反り上がる。

京也が最奥に突き込んだまましばらく動きを止め、数回ぐっぐっと奥に押し込んでから息をついた。

カイ・ヤンはぐったりと京也の肩にもたれている。体にほとんど力が入っていないようだが、男根で串刺《くしざ》しにされた体は頽《くずお》れることもできない。

京也はカイ・ヤンの耳にちゅっと唇を押しつけた。

「おなかが張って苦しいか？」

カイ・ヤンは赤子のようにこくりと小さく頷く。

その姿は頼りなげで儚くて、男心を刺激するに充分だった。

「じゃあ、これは俺からのプレゼントだ」

カイ・ヤンの片膝をすくっているのとは別の手で、京也はポケットからプラスチックの卵を取り出す。

それを見たカイ・ヤンの目が見開かれた。

「そんな……、無理……」

鶏卵《けいらん》の倍はあろうかという卵だった。

「これでもできるだけ小さな卵に入れてあげたんだよ。日本で獲《と》れた最高級の真珠で作ったネックレスが入ってる。嬉しいだろう?」

「やめて……、京也、怖い……」

力ない声で拒否するも、そんな様子は男の嗜虐心《しぎゃくしん》をあおるだけだ。

ゆっくりと引き抜いていく男根を伝って精液がずるずると零れてくる。

ぷつ、と泡を潰しながら先端が抜けるのと入れ替わりに、京也の卵が口を開いた後蕾《こうらい》にぴたりと当てられた。

京也はふるふると首を振るカイ・ヤンに酷薄な笑みを返した。

「ハッピーイースター」

「は…! あ、あああ……っ」

悪夢みたいだった。

柔らかく綻《ほころ》んだ蕾に、丸みを持つ大きな卵の先端がめりめりと埋没していく。ゆっくりと呑み込まれていく滑らかな曲線が、ときに軽く引き戻され、繊細な襞《ひだ》を巻き込みながら姿を消していった。

「ああ……、あ……、あ……」

いちばん膨らんだ部分からひと息に押し込まれたとき、カイ・ヤンが「ひぅっ！」と悲鳴を上げて硬直した。

カイ・ヤンは口と目を丸く開いたまま、背を反らしてわなないている。京也が脚を離すと、そのまま床に崩れ落ちた。ツェンのすぐ側に。

白い肢体を横たえて下腹を押さえるカイ・ヤンの雄は、色づいてひくひくと震えている。とっくに達していてもおかしくない快感を押しつけられ続け、破裂寸前だった。

京也はカイ・ヤンの前髪をかき分け、額にキスをする。

「そろそろ産ませてやらないと限界だな」

京也と一緒にカイ・ヤンを囲んでいた少年たちも同意する。

「だな。もう六個入ってるし、最後のデカかったし」

「もう入り口までいっぱいなんじゃない？」

産ませる、という言葉にゾッとした。

入れたものは取り出さなければならないだろうが、そんな方法しかないのか。

サロンの横にはトイレがある。そこで出してくるのだろう。でも出したらまた他の少年に犯され、卵を入れられるのが繰り返される。

ところが少年が二人がかりで両側から力の抜けたカイ・ヤンの体を抱き上げ、膝を大きく開かせた。他の少年が、どこかから洗面器のようなボウルを持ってきてカイ・ヤンの腰の下に置く。

まさか……。

「さあ、産んでごらん、カイ・ヤン」

「い、いや……」

ツエンも瞠目《どうもく》した。

ここで産み落とせというのだ。こんな、大勢の人間の前で排泄《はいせつ》も同然の行為を！

怯えるカイ・ヤンの前に膝をついた上級生が、カイ・ヤンの髪を撫でながら話し始める。

「新入生だもんな、ぼくがここのルールを教えてあげよう。知ってるかい、イースターの夜にはうさぎが卵を産むという言い伝えがあるんだ。きみたちは可愛いうさぎだよ」

生徒たちは特待生をうさぎに見立て、一人犯しては一つ卵を入れ、最終的には……。

「この学園ではイースターにはお気に入りの特待生に〝特別手当〟を贈る習慣があるんだよ。卵の中にはいいものが入ってる。例えば宝石なんかがね。素敵だろう？　お金に困ってる特待生に生徒から愛のプレゼントだ。お気に入りの子を抱いて、目の前で卵を産んでもらう。卵は愛情の証《あかし》だからね。もちろん卵が用意できない生徒は今日は参加できない。特別な日なんだよ」

今日はなにも知らずサロンに連れてこられた。

こんな……こんなことになると知っていたら、カイ・ヤンだけでもどこかに隠したのに！

「よかったねカイ・ヤン。きみがいちばん人気のうさぎちゃんだ。まだまだきみに卵を産んでもらいたい生徒が待ってるよ」

カイ・ヤンは絶望的な表情で周囲をおそるおそる見回した。

これ見よがしに手に卵を持った生徒たちがカイ・ヤンを見下ろしている。

「じゃあまずは京也の卵を産んでみようか。大丈夫、初めてだから恥ずかしいかもしれないけど、一度やったら気持ちよくてくせになるかもよ。あっちの子見てごらん」

上級生がさし示した先には、十二年生の特待生が四つん這いであられもなく腰を突き出し、自ら卵を押し出してはまた押し込み、恍惚《こうこつ》と一人遊びに耽《ふけ》っているところだった。

「一回で産んじゃうのがもったいなくて、ああやって楽しんでるんだ。ふふ、あの子くらいになると卵が欲しくて自分から男を誘いに行くけどね。きみもせっかくの〝特別手当〟を他の特待生に取られたくなかったら、頑張って卵を集めるんだよ」

ほら、と両側から腿を開いて持ち上げられ、カイ・ヤンは「ひゃっ！」と声を上げた。

「産みやすいようにマッサージしてあげようね」

「や、やだ……」

少年たちの手が一斉にカイ・ヤンの体に淫らに伸びる。

腿を抱えた少年たちは空いている方の手でそれぞれ臀部《でんぶ》を鷲摑《わしづか》みにし、ぐねぐねとこね回す。薔薇色《ばらいろ》に染まった花襞がぬちゅぬちゅと形を変え、中心から白い蜜が滴り落ちた。

一人は後ろから両乳首を弄《いじ》り、花芽のようなそこを引っ張ったり押し潰したりしている。

張りつめたまま達せないでいたカイ・ヤンの肉茎を、上級生が摑んで扱き始めた。直接性器に刺激を与えられればたまらない。

「あ…、あふ、あん、やぁっ……」

「産むときに射精すると、ちゃんと脳が気持ちいいって記憶するんだよ。気持ちいいことワンセットで覚えちゃおうか。ああ、ぼくが今年で卒業なのが残念だよ。来年きみが喜んで卵産むとこ見られないもんね?」

カイ・ヤンの頬が桜色に染まっていく。膨らみ始めた亀頭の先端から透明な蜜が零れる。花びらのような肉襞がひくひくと呼吸を始めた。快感を得ていることは明らかだ。

襞を割ってぷくりと白い卵が頭を現した。カイ・ヤンの体が大きくぶるっと震える。

「お、ねが……っ、ゆるして……! いやっ、おねがい、みないで……っ!」

見ないで見ないでと繰り返すカイ・ヤンの腹を、上級生の反対側に陣取った京也の手が撫でた。ひっ、とカイ・ヤンが首を竦《すく》める。

「いちばん出そうになるのはここだろうな」

「あぅ、あ、やめ……っ」

下腹を撫でられ、ときおり意地悪に軽く押されると、カイ・ヤンの肉襞がびくびくと動いた。我慢の限界が近づいている。

「やめて京也ぁ……」

カイ・ヤンの目の縁からとうとう涙が零れ落ちる。

カイ・ヤンの痴態を見物していた少年が、ツェンをぐいとカイ・ヤンの方へ押しやった。

「お兄ちゃん泣いちゃったぞ。キスして慰めてやれよ」

完全に面白がっている声だった。

力の入らない体を抱き上げられ、カイ・ヤンの前へ引き立てられる。

「あ…、あ……、ツェ……」

涙に濡れた瞳がツェンを見る。

ツェンは後頭部を押され、無理矢理カイ・ヤンに口をつけさせられた。

彼らはふざけて兄弟でキスをさせたつもりだろう。

けれど。

「おい……」

ごくり、と少年たちが生唾を呑み込んだ。

カイ・ヤンを慰めたい。助けることはできないけれども、せめて触れてあげたい。

快感で口内に溢れていた蜜を吸って、優しく舌を擦り合わせる。ここにいるから、一人じゃないからと思いをこめて。

カイ・ヤンの耳に、頬に、首筋に手のひらを這わせて温めるように撫でる。カイ・ヤンもツェンの髪に指を差し入れ、自分に引き寄せて交わりを深くした。

ぴちゃ、ぴちゃと兄弟で舌を絡ませ合う音が響く。

「なんか……、すげえな。同じ顔がキスしてるって、すげえ興奮する」

「俺、もう一回したくなってきた」

彼らを楽しませてやるつもりは毛頭なかったが、双子の兄弟の濃厚なキスは少年たちの欲望を大きくあおってしまったようだった。

「もういい、どけよ！」

興奮した少年がツェンを後方に引きはがし、カイ・ヤンの口に猛《たけ》った男根を突っ込む。

床に転がされたツェンも、顔を跨《また》ぐようにした少年に上から垂直に口中に剛棒を突き込まれた。

「じゃあみんな盛り上がったところで、続きをやるとするか」

人でなしの笑みを浮かべた京也は、思いやりのない力でカイ・ヤンの勃ち上がる陰茎のつけ根を押した。

「ひぁっ……！」

下腹を押されて叫んだカイ・ヤンは唇から男根を取り落とした。

押し出されるように襞から見えていた白い部分が広がり、皺《しわ》を引き伸ばしながらぐぐっと丸みを帯びた卵が姿を現す。

それを合図に、臀部を摑んでいた少年たちが孔《あな》の口を広げるよう両側に引っ張った。

「い、いやあぁぁぁぁあぁーーー…………ッ！」

京也がカイ・ヤンのこめかみに口づけながら、双嚢《そうのう》を手の中でころころと玉のように転がす。同時に陰茎を擦り立てられ、鈴口からは透明な蜜が、後孔からは白く濁った体液が、どろどろと溢れ出た。

「愛してるよ、カイ・ヤン」

京也が指先で卵を突いたことが最後の呼び水になった。

たくさんの目、目、目――――。

大勢の視線に晒されながら、ゆっくりと姿を現した精液塗れの巨大な卵がぽとりと床に落ちる。同時に左右に揺れるカイ・ヤンの屹立《きつりつ》からびゅくびゅくと白濁が飛び散った。

矜持を失って弛んだ襞から、つぎつぎに卵が転がり落ちる。

粘性の糸を引いてぼとぼとと床に落ちた緑や黄色やピンクのプラスチックが、とても現実感のないものにツェンの目に映った。

「あ……、ああ………」

親指大に開いた後蕾から残滓を垂れ流し、放心して蜜を垂らした唇を半開きにしたカイ・ヤンの顔は、正視に耐えないほど淫蕩《いんとう》だった。

人形のように四肢を投げ出すカイ・ヤンに、別の少年がのしかかる。卵を吐き出したばかりの腫《は》れ上がった蕾に、再び怒張が押し込まれた。

のど奥に垂直に与えられる口虐《こうぎやく》に窒息寸前のツェンの下半身にも、誰かの男根が突き刺さる。

乱交は深夜まで続き、いつの間に意識を失ったのかツェンにはわからなかった。

3

なにかが動く気配で、ツェンは重いまぶたを持ち上げた。イースターの狂ったイベントで輪姦《りんかん》され、産卵を強要された体はひどく強張っている。脳まで強張ってしまったように思考がまとまらなかった。

ぼんやりと視界に入ったのは、どうやら医務室の天井らしい。間接照明だけで照らされた室内は薄暗い。

ツェンの横になっているベッドのすぐ近くで、ぎっ、ぎっ、となにかが軋《きし》む音と密《ひそ》やかな甘い吐息が聞こえ、そのせいで目が覚めたのだと気づいた。

「ぁ……、ぁ……」

誰かがセックスをしているのだと、すぐにわかった。

クロスパーテーションで仕切られた空間の向こうから聞こえる。

誰かというのは、医務室である以上月龍《ユエロン》に違いない。そして月龍の相手といえば……。

凌辱《りょうじょく》の余韻で震える脚になんとか力を込め、床に下り立つ。パーテーションの端から少しだけ頭を出して覗いてみる。

隣のソファの上で、月龍とカイ・ヤンが体を繋げていた。

「あん……、あん……、先生ぇ……」

やたら甘い声を上げるカイ・ヤンは、ソファに腰かけた月龍に背中を向けて開脚で跨り腰を上下させている。

月龍は闇《やみ》に溶け込むような黒いガウンの前をはだけ、カイ・ヤンはツェンがいま着ているのと同じ薄い病衣を肩から落とし、両腕に引っかけたままである。

月龍の左胸に入った刺青《いれずみ》が覗いていた。月龍は体の左半分、肩から胸、腕にかけてその名の通り龍の刺青を入れている。

カイ・ヤンが大きくM字に開脚しているせいで、露を零しながら勃ち上がる雄芯がツェンからは丸見えだ。

あまりにも艶《なま》めかしい構図に、心臓がどきんと鳴った。

一瞬怯《ひる》んだが、すぐに腹が立ってきた。あんな目に遭ったカイ・ヤンにその日のうちに無体を働くとは！

すぐに文句を言ってやめさせてやろうとパーテーションを出かけて足が止まった。

カイ・ヤンの左腕が上がって後ろ手に月龍の頭を抱き寄せ、振り向いてキスを求めたのである。

「せんせ……、キス、したい……、いや……？」

月龍は色悪な笑いを浮かべると、

「いいぜ」

とカイ・ヤンの顎をすくって無慈悲ともいえる角度まで自分の方にねじり上げた。

「ん……」

カイ・ヤンは辛そうに眉を寄せ、それでも自ら舌を長く伸ばして月龍の舌を求める。

欲しがるカイ・ヤンの舌先を、月龍の肉厚な舌がくすぐるように撫でる。

焦《じ》らすように上唇を舐め、「せんせぇ…」と濡れた声で甘えられると、やっと深く舌を挿し込んだ。

カイ・ヤンが己の肉孔を扱くぐじゅ、ずぐ、という音と、キスが立てるちゅぷ、ちゅる、という音がソファの軋みに重なり、とてつもなく淫猥だ。

——どうして……?

カイ・ヤンは月龍を嫌っていたはずだ。なのにどうして自分から——。

これではカイ・ヤンが好きで抱かれているようにしか見えない。もしや自分が知らなかっただけで、二人は……?

月龍とカイ・ヤンのキスシーンに、驚くほどショックを受けている自分がいる。

特待生の唇は男根に奉仕するための花弁であり、舌は淫らに蠢《うごめ》く性具なのだ。だから特待生にキスしようとする人間はほとんどいないのである。

月龍だっていままでツェンを抱いてきて、一度だって唇を合わせたことなんかない。もち

ろん自分から求めたことも一度もないけれども。

求めたらしてくれたのか？　いまのカイ・ヤンみたいに……。

どくどくと嫌な打ち方をする心臓を病衣の上から押さえたツェンは、二人の交合から目を離せなかった。

ふと、月龍の視線がこちらを向く。

月龍と目が合って動揺した。声を出してしまわないよう、慌てて自分の唇を手のひらで覆う。

月龍はまったく動ずる素振りも見せず、にやりと笑うとより口づけを深くした。

「ん、んん……、せんせ、せ、んせぇ……」

カイ・ヤンは自身の茎の根元を右手で擦り立て、ひたすら快感を追うことに没頭している。

「ああ……、いい……、せんせ、の……、おっきい……」

月龍の下腹部は白く浮かび上がるカイ・ヤンの下肢の間に溶け込み、そこにたしかに男根が塡《は》まっているのだと、音だけが伝えてくる。

月龍は大きな手指をカイ・ヤンの屹立を握る手に重ね、

「手伝ってやる」

ひどく官能的な低音で囁いて一緒に扱き始めた。

「あんっ、うれしい……、せんせぇ、きもちいい……」

「おまえは可愛いな、カイ・ヤン」

後ろからカイ・ヤンの頬に、耳朶に、こめかみに唇を滑らせていく。

愛らしい声を上げて悦《よろこ》ぶカイ・ヤンに口づけながら、月龍はちらりとツェンを見た。わざと見せつけているのだとわかった。

胸がむかむかした。月龍の態度にも、カイ・ヤンの行動にも。

例えば自分の知らないうちに月龍とカイ・ヤンが本物の恋人同士になっていたとして、自分が怒るのはお門違いかもしれない。

セックスよりもキスに動揺している自分はおかしいのだろうか？

なにがなんだかわからなくなって、ツェンはそっとベッドに戻った。

情事の音も声も聞こえないよう耳を塞いで目を閉じた。

＊

焼けつくような日差しの下、庭の芝生《しばふ》の上でバーベキューのグリルがじりじりと音を立てていた。

隣では体を開かれ刺叉《さすまた》に串刺しにされた仔豚が、絶えず炭火の上で回転しながら焼かれている。

――これは夢だ。

と思った。

なぜなら、自分はまだ九歳の子どもの姿だから。

グリル脇のテーブルでは、藍《ラン》家の主人と奥方が父と歓談している。

少し離れた木の下では、五つ下の妹のリンがブランコで遊んでいた。自分と同じ幼い顔をしたカイ・ヤンは、リンの背中を押してブランコを揺らしてやっている。

七つ下の妹のシンディはまだ二歳になったばかりであちこち歩き回り、母は妹から目を離さずあとをついて回っている。

自分は少し離れた場所から、それを見ていた。

茂みで隠れてみんなから見えない位置の木陰には、月龍が読みかけの本を顔に伏せたまま仰向《あおむ》けに寝転がっている。

医者になるという月龍はいつも忙しくて、なかなか会えない。それでもツェンの父に大学の費用を出してもらったという彼は、つき合いとしてこうして忙しい合間を縫ってときどき遊びに来てくれる。

『哥哥《グーグ》』

ツェンが呼びかけても、月龍は動かない。眠ってしまっているのだろうか。

『……哥哥？』

そっと本をどかすと、オニキスのような黒い瞳がこちらを見ていた。口端だけを上げる月龍の笑い方は、いつもツェンの心をときめかせる。月龍はツェンの知るどの人間より好きな顔をしている。

『哥哥』

カイ・ヤンはなぜか月龍を嫌っているようであまり近づきたがらない。月龍も子どもの機嫌を取る真似は一切せず、互いに一定の距離を保っている。

そんな月龍を彼の両親は大人げないと渋い顔をするが、ツェンからすると一人前の人間として扱われているようで好感が持てた。それも彼に憧れる一因だ。

月龍の隣に膝をついて顔を覗き込んだ。

『疲れてるの？』

眠いんだったら、家の中に入って寝椅子で横になればいいのに。

『空を見てたんだよ』

『空？』

寝たふりだったのか。

『見てみるか』

腕を伸ばされ、小さな頭をちょこんと乗せて横になった。見上げると、重なり合った翡翠《ひすい》色《いろ》の葉の間から真っ青な空が見え隠れしている。

『わあ』

きれいだった。

青と緑のコントラストで視界がいっぱいになって、他になにもない。立ったまま上を向くのとはまったく違うように思えた。

『ツェン』

名を呼ばれて横を向くと、ふいに唇同士がぶつかった。

ツェンはびっくりして目を見開いたが、月龍は驚いた様子もなくいつも通りの笑いを浮かべていただけだった。

キスと呼べるほどではない偶然だけれど、すごく心臓がどきどきした。

『哥哥……』

見つめられて動揺して、ぽつりと呼びかける。月龍は少しだけ目もとを弛めると、顔を傾けてもう一度ツェンの唇に触れた。

偶然じゃなかったのかな。

すぐに離れた男らしい形の唇に視線が吸い寄せられて、いつまでも目が離せなかった。

藍夫妻が転勤でいなくなってしまったのは、その直後である。同時に月龍もぱったりと姿を見せなくなった。

何度も両親に尋ねた。そのたび連絡は取れないと返された。

夜、ベッドの中で月龍を思い出し、会いたくて泣いた夜が幾度もある。

『哥哥、会いたいよ……』

キスの感触を繰り返し思い出した。

毎日新しい発見と驚きに満ちた子どもの生活は、いつしか月龍を想い出に押し流してしまったけれど――。

*

目覚めた瞬間、どっと汗をかいた。

藍一家がいなくなる直前の夢だった。過去には繰り返し見ていたが、最近はずっと見ていなかった夢だ。

どうして……と思って、きっと月龍とカイ・ヤンのキスを見てしまったからだろうと判断した。

自分は幼い頃月龍とキスをした。すごく好きで、あんなに会いたくてたまらなかったのに、いつの間に平気になってしまってたんだろう。子どもというのはある意味残酷だ。

『哥哥』

音を出さずに口の中で呟くと、胸に疼痛《とうつう》が広がった。

哥哥。お兄ちゃん。

あのとき姿を消さなかったら、ずっと連絡を取り続けていられたら、いまみたいなおかしな関係にはならなかったのだろうか。

壊れてしまった関係を思うと胸に風穴が開いた気になる。

寝返りを打ち、昨夜の光景を思い出す。

あれも夢だったらいいのに。だが二人が交わりを終え、身づくろいをしてカイ・ヤンが隣のベッドに横になる音を聞いた。

カイ・ヤンの寝息が聞こえてきてもツェンはしばらくは眠れなかった。

二人のキスを思い出すと気分が落ち込む。なんでこんな気持ちになるのかわからない。月龍を嫌っていたはずのカイ・ヤンに、裏切られたような気になっているのだろうか。

「くそ……」

胸を押さえて、やっとベッドから起き上がった。

周囲はすっかり明るくなっている。イースターの翌日の月曜は授業が休みなので、月龍も寝かせておいてくれたのだ。

ぐる、と腹が鳴って、空腹に気づいた。

いま何時だろう。昼食の時間には間に合うだろうか。

とりあえず着換えようとベッドから下りてクロスパーテーションを出て、窓際に佇《たたず》むカイ・ヤンを見てどきりとした。

カイ・ヤンの姿がなぜかとても不快に思えた。そんな自分の気持ちに動揺してしまう。大事な兄弟なのに。

ツェンが起きたことに気づくと、カイ・ヤンは「おはよう」と無表情で言って振り向いた。

「おはよう……」

もし月龍との光景がなければ、カイ・ヤンの体調と心の傷を心配し、できる限りの慰めの言葉をかけるところだ。

いつも辛い行為があると、カイ・ヤンはつぎの日とても憔悴していた。昨夜の衆人環視での排泄にも似た行為は、いままでの比でなくカイ・ヤンを傷つけたに違いない。

自分もさせられたけれどもカイ・ヤンの方が数が多かったし、なにより先にさせられた事実は大きい。自分は心構えがあったけれど、カイ・ヤンにはなかった。もし自分が先だったら、きっともっと辛かったと思う。

挨拶だけすると、カイ・ヤンは再び窓の外に視線を向けてしまった。冷たいといっていい表情が気になる。

いつものカイ・ヤンとは雰囲気が違う。

しばらく沈黙が続いたあと、カイ・ヤンは突然おかしそうに笑い出した。

「カイ?」

「笑っちゃうよね」

どうしたというんだろう。口もとは笑っているのに、冷めた目が気になった。

「なにが……?」

「見て」

カイ・ヤンがさしたのは、窓とは反対側のテーブルに並べられた宝飾品の数々だった。

「昨夜の卵から出てきたんだよ。きれいでしょ」

指輪、ネックレス、加工前の宝石、金貨、折りたたんだ高額紙幣など。

どれも学生からの贈り物とは思えない高価なものばかりだ。中にはちょっとした車が買えそうな金額のものもある。

「俺たちの恥の代償だよ、これが」

冷たくも美しい笑いを浮かべたカイ・ヤンは真珠のネックレスを手に取った。京也の卵に入っていたものだろう。

すうっとカイ・ヤンの笑みが消える。

「こんなもののために……」

一瞬だけ唇を噛み、また嫣然《えんぜん》とほほ笑んだ。

「でも俺たちに必要なのはこれだもんね。売ればそこそこになるんじゃないかな。これも家の借金返済の足しにしようよ」

カイ・ヤンはくるりとツェンに振り向いた。

「俺、もういちいち傷つくのはやめたんだ。いままでなにかされるたびに傷ついてたのがバッカみたい。お金のためにここにいるんだもん。仕事と同じだよ。だったらいっぱい稼がなきゃ」

「カイ……」

「割り切っちゃえばセックスなんて楽なもんだよ。試しに昨夜いちばん嫌いな男としてみたんだ。俺から誘って。金にはならないけど、その気でやればけっこう楽しめたよ」

ごく……、と唾を飲んだ。昨夜の光景が脳裏によみがえる。カイ・ヤンのいちばん嫌いな男は月龍だ。

「あれ、驚かないんだ。もしかして見てた？」

沈黙は肯定と同じだ。

カイ・ヤンは冷笑したまま、瞳に怒りの色を過ぎらせた。おもむろにツェンに近づき、唇を奪う。

「なにを……っ！」

驚いて思わず突き飛ばすと、カイ・ヤンはぐいと唇を拭ってツェンを睨みつけた。

「あの男と間接キスだよ。嬉しい？」

どん、と心臓を殴られた気がした。

なにも返せず呆然と見返すツェンに冷たい一瞥《いちべつ》を残し、カイ・ヤンは医務室のドアに向かって早足で歩いていった。

ドアを出る間際医務室に戻ってきた月龍とぶつかりそうになったが、ひと声もかけずに出ていってしまった。

「なんだ、珍しく兄弟喧嘩《げんか》か？」

揶揄する月龍の態度に変わりはない。

カイ・ヤンを抱こうがそれをツェンに見られようが、この男には些末《さまつ》なことなのだ。

無性に腹が立った。

どうしてキスを見て動揺した。なぜカイ・ヤンの姿を見るのが不快だった。妬《や》いていた？　馬鹿な！　誰に？

——間接キスだよ。嬉しい？

ぞくっとして、傍らの男を見た。

——哥哥。

自分の気持ちがわからない。誰よりも大切な兄と、目の前の男。大好きな兄と大嫌いな男。比べるべくもない。それなのにどちらが自分をこんなに不安定にさせるのか。わからないのがただただ悔しかった。

4

「大好きなお兄ちゃんたちへ

カイ・ヤン、ツェン、元気にしてますか。
夏休みにくれたぬいぐるみ、毎晩一緒に寝て二人を思い出してます。
今度会えるのはクリスマスですね。待ちどおしいです。
勉強がんばってください。愛してます。

リン

きのうママとクッキーをやきました。
たべて！　って言いたいけど、
手作りのおかしはおくれないんだってね。ざんねん！
またかえってきたときにやいてあげるね。

あなたたちのあいする妹シンディ」

小さな劇場のステージが、安っぽい色のライトで照らされている。

エーグル・ドールの制服を着た十名ほどの学生が、二人の少女を取り囲んでいた。

ツェンは目の前の少女を、不思議な気持ちで見た。

少女趣味なレースやフリルがたっぷりのローウエストドレスが、ライトの光で淫靡な影を作っている。ドレスに身を包んだ目の前の美少女は可憐《かれん》で儚げで――――自分と同じ顔かたちをしている。

「あ……、あん、……や、ぁ、んっ……」

少女の格好をしたカイ・ヤンが頬を上気させて小鳥のような啼《な》き声を上げる。どこからどう見ても美しい少女そのものだった。

長い黒髪の巻き毛が小作りな輪郭を縁取り、肩の下で揺れた。後ろから着衣のままのカイ・ヤンを抱きかかえて腰を突き上げる少年の動きに合わせて。

膝立ちで大きく開いたカイ・ヤンの脚は、スカートで隠れて見えない。だがそのスカートの下で、硬く勃起した少年の陰茎はみっちりと狭い孔に塡まり込んでいるのだ。

「ほら……、おまえも啼けよツェン。カイ・ヤンみたいに可愛くよ」

言いながら、ツェンを蹂躙《じゅうりん》している少年が力強く腰を打ちつけた。

「あっ！　は……、あ……」

床に肘をつき、尻を後ろに突き出す形を取らされているツェンは、衝撃で床に頬を落とした。そのまま激しくピストンされ、断続的に悲鳴を上げる。

「ああ……、う、あ、あ、あ、ぅ……、っ」

「そうじゃねえだろっ、ああんとかやぁんとか言えねえのかよ、兄貴みたいにさ。せっかく女の子の格好させてやってんだから、もっと気分出せよ」

がつがつと尻を穿《うが》たれ、痛みで視界が赤く明滅する。

「おい、そんなに思いきりやるな。ウィッグがずれたら萎《な》えるだろう？」

横で順番を待っていた京也が、ツェンを犯す少年の肩に手をかけた。

「あ、そっか。悪い悪い」

ばかばかしい。変態どもが。

心の中で悪態をついた。

いっそ自分でこのウィッグをむしり取ってやりたい衝動にかられる。いくら小柄で女顔とはいえ、ウィッグなしのツェンはやはり少年にしか見えないだろう。全員萎えてしまえばいい。

ツェンとカイ・ヤンはエーグル・ドール学園の寮から他の学生たちによって連れ出され、町の小劇場に引っ張り込まれた。同学年の日本人学生、京也の知人の持ち物だというこの小劇場には、入学当初から何度か連れ込まれている。

普段は小さな劇団の公演に使われている小劇場は、空いているときは京也が好きに使わせてもらっているらしい。学生ボランティアの演劇練習という名目で。

ツェンとカイ・ヤンが着せられているドレスもウィッグも劇場の衣装部屋から拝借したものだ。

悔しいことに、レトロなデザインのローウエストドレスと黒髪のウィッグは、中国系アメリカ人の双子のオリエンタルな目鼻立ちによく似合っている。二人の地毛は薄茶だが、黒髪は東洋的な美貌《びぼう》をより際立たせた。

京也たちはたびたび双子に好みの衣裳を着せた。全裸に革の首輪だけをつけられ、四つん這いで犬のように犯されたこともある。ステージの上で、ショーさながらに。

抗《あらが》う術《すべ》はない。生徒の誰にでも、求められれば体を開き、要求に従わねばならない。それがエーグル・ドールの「特待生」の役目なのだから。

カイ・ヤンを見ると、熱で潤んだ目を細めた彼もこちらを見た。視線が絡んだ瞬間、官能的な兄の表情にツェンの背にぞくりとしたものが走る。自分もこんな卑猥《ひわい》な顔をしているのだろうか。

カイ・ヤンもツェンを見てふるりと身を震わせた。

「やぁ、あ、京也……、握らないでっ……、でちゃう、よ……っ」

いつの間にか京也がカイ・ヤンの正面からスカートの下に手をくぐらせ、下肢を弄っている。

京也はからかう口調でカイ・ヤンの耳に囁いた。

「違うだろう。女の子の格好をしているときはどう言うんだっけ?」

カイ・ヤンはぴくんと体を揺らした。京也の好色な視線から逃れるように顎を引き、小さな声で懇願する。

「……は、恥ずかしいとこ、触らないで……。いっ、ちゃう……、から……」

握るも出るも男性器に使う表現だ。学生たちは女の子を抱く気分を味わいたくて双子にドレスを着せる。だから女らしい言葉を好む。

なにを命令されても抗わず従うカイ・ヤンは、ツェンよりよほど男を悦ばせる術に長《た》けている。

京也は満足げに笑うと、カイ・ヤンの羞恥《しゅうち》に染まった頬にキスをした。

「可愛い子だ、カイ・ヤン。おまえがいれば女の子なんていらないな。素直で愛らしくて、締まり具合もいい。俺はおまえに夢中だよ」

「あ、あ……、嬉しい、京也……。好き……、痛くしないでね……」

甘えて京也の首に腕を回すのを、カイ・ヤンを貫いている少年が嫉妬《しっと》めいた声で責めた。

「くそっ、いまおまえに突っ込んでんのは誰なんだよ、カイ・ヤン! 誰のおちんちんに気持ちよくしてもらってんだよっ」

少年の動きが激しくなる。

「あっ……！　あんっ、やぁ……、や、だぁ、そんなに、はげし、く、しちゃ……っ」

いやいやと首を振って悶える体を、京也と少年が前と後ろから挟んで攻め立てた。少年は後ろから片手でカイ・ヤンの腰に腕を回して体を支え、服の前ボタンを外した隙間からもう片方の手を忍び込ませて乳首を弄っている。

京也は片手をスカートの下に潜《もぐ》り込ませて陰茎を擦り立て、遊んでいた指をカイ・ヤンの小さな唇にねじ込んだ。

「ふ、ぅ……っ、ん、んぅ……、くん……、ん……」

中指と人差し指をしゃぶらされ、飲み込めなくなった唾液がカイ・ヤンの口端を伝い、細い顎を伝って滴った。

赤い舌が、好き勝手に動き回る指を追いかけて絡みつく様がひどくいやらしい。舌のつけ根を嬲られると気が遠くなるらしく、ときおり目を細めて眉を歪ませる。

その淫蕩な表情だけで、周囲で見ている少年たちはごくりとのどを鳴らした。膝立ちのまま後ろから突き上げられて悦ぶ少女は、希代の娼婦《しょうふ》のように見える。

カイ・ヤンがこうして従順な態度を取るのを見るたび、ツェンの中で少しずつなにかが崩れていく。

イースター以降すっかり娼婦の仕草を身につけたカイ・ヤンは、いまではなんの抵抗もなく男に抱かれているように思える。

もちろん、これが彼の処世術だとわかっている。いつまでも媚びてみせることができない自分が損なだけだ。

「は……、ぁ、ぁ、ぁぁぁ、ぁ、ん……、あ、もぉ……い、いっちゃ……」

「イケよ！　ほら、女の子みたいに中でイッてみせろ！」

少年が最後の追い上げをする。

布と肉が擦れる音がステージに響く。

「あ、あぁぁあああん……！」

カイ・ヤンがひときわ高い声を上げ、びくびくと体を波打たせた。

少年が「くぅ…」と小さな喘ぎを漏らし、二度三度、カイ・ヤンに腰を擦りつける。吐き出した精を従順な肉筒に呑み込ませているのだ。

我慢できなくなったらしい少年の一人が、床に伏せていたツェンのウィッグを乱暴に奪い取り、髪を摑んで顔を上げさせた。

「可愛く啼けないなら咥えろよ……！」

言うなり雄を口に突き込まれ、のど奥に当たってえずきそうになる。

少年は構わずツェンの口中で猛った雄を前後させた。

「ぐ……ぅ……っ」

雄の先端から滲む体液に強烈な嫌悪を覚える。嚙みちぎってやれたらどれだけすっきりするだろう。

容赦のない突き込みに窒息しそうになった。腰に与えられる衝撃も、ひたすら己の快感を追うことしか考えていない横暴ぶりだ。

こんなとき、自分はただの道具で肉孔なのだと実感する。精液を注ぎ込まれるだけの精溜め袋。気絶しようが腰が立たなくなろうが関係ない。詰め込めるだけ詰め込んで、いっぱいになったらおしまい。

「……ったく、双子だってのに可愛げねえな、おまえは！　どうすりゃ啼ける？　二輪挿《にりんざ》しか？　それとも尿道責めかっ？」

「あ、尿道責めっていえばさ、俺新しい玩具持ってきたんだ」

少年の一人が、ステージに放っておいた鞄《かばん》から見たこともない性具を取り出す。

黒いビニール素材の、陰茎にすっぽりと被《かぶ》せるような形状の袋だった。

「じゃーん」

少年が筒状のビニールをめくってみせると、内側にはびっしりと細かい突起が生えていた。そして中心にはマドラーより少し細いくらいの金属の棒がついている。内側からはコードが延びており、手もとのスイッチでなにかをオンオフできる機能がついているらしかった。

「これ、棒の部分を尿道に挿し込んですっぽり被せるんだぜ。で、これ」

少年がスイッチを入れると、ブーンというかすかな振動音が聞こえた。

「中の棒に電気が通るの」

「ほんとかよ、面白そう！」

ちょっと触らせて、と指先で棒に触れた少年が、ぱちっとした刺激に「いてっ」と楽しそうな声を上げる。

ツェンを見てにやりとした少年たちに、血の気が足もとまで引いていった。

指で触れられるだけでも痛い場所に棒を差し込み、あまつさえ電気を流す？

「い……、いやだ……！」

怖い！

「気ィ失って白目剝《む》いたり、失禁しちゃったりするらしいぜぇ」

「やだぁっ！」

暴れて逃げようとするツェンの両手両足を、少年たちが四人がかりで押さえ込む。手足をカエルのように開かれ固定されてしまえば、身動きは取れなかった。

「動くなよ。斜めに刺さっても知らないぞ」

性具を手にした少年が正面からツェンのスカートをまくり上げ、恐怖で萎縮《いしゅく》した陰茎を持ち上げる。

「勃たないと挿入《はい》んないかな」

少年はツェンの萎えた性器を口に含むと、ちゅぱちゅぱとしゃぶった。

性器に直接刺激を与えられればどうしても反応してしまう。若い雄は恐怖よりも性的な刺激に流され、ゆっくりと頭を持ち上げ始めた。

嫌なのに、怖いのに、どんどん下肢が張りつめていく。

「んー、まだ完全じゃないけど、これくらい勃ってりゃ挿入るでしょ」

小さな精路の孔に、ぴたりと棒が当てられる。

挿れられる前から、恐怖で失禁してしまいそうだった。手足を押さえている少年たちは興味津々で性具を見つめている。

冷たい性具の先が位置を確認するようにつぷりと孔に数ミリ潜っただけで、針で突かれたような痛みが走った。

「やだっ、やだっ、やめて！」

――壊れる。今夜こそ壊されてしまう……！

恐怖のあまり気が遠くなりかけたときだった。

「おまえら、もう少し丁寧に扱ってやれよ。そんなんじゃ彼女ができたときに嫌われるぞ」

客席から揶揄するような言葉が割り込み、少年たちが一斉に声がした方を向いた。たった一人のギャラリーのブーイングだ。

「藍《ラン》先生」

客席で見物していた月龍《ユエロン》が、いたずらした子どもを見るような表情を浮かべながらステージに上がってきたところだった。

「見てらんねえなぁ。おまえら女の子にもそんなふうにするつもりか?」

ツェンを拘束していた少年たちの胸を拳の裏で軽く叩き、どけと促して体を離させる。支えのなくなったツェンの体が床に崩れる。月龍は少年の手から性具を奪い取った。

「お道具禁止だ。ローターやバイブくらいならともかく、なんだこれは。大人のSM道具だぞ。知識もないガキがやたらに使うんじゃない」

少年たちはせっかくの玩具を使える機会を奪われて不満げだ。

「だってさぁ、こいつ普通に抱いても可愛くないんだもん。遊ぶしかないよ」

「抱き方が悪いんだろ」

「ちゃんと激しくしてやってるよ。いっぱい突いた方が悦ぶだろ、普通」

「ばーか。あんなやり方じゃツェンの方がもたねえよ。見な、可哀想に。ちっともよくなさそうじゃねえか」

少年たちは、ふんと鼻を鳴らした。

「そんなの、別に特待生相手だし……なあ?」

「どうせ性欲処理係だしさぁ」

月龍がやれやれと肩を竦める。

「まだガキだから仕方ねえか。セックスってのは相手の反応を見て楽しむものなんだよ。たかが性欲処理と侮るな。お互い楽しんだ方が数十倍気持ちよくなれるぜ」

月龍がスーツのジャケットを脱いで床に放り投げた。

「俺が手本を見せてやる」

わっ、と生徒たちが盛り上がる。

「さっすが藍先生」

「こういうこと、他の先生じゃ教えてくれないもんな」

月龍がシャツをはだけると、鍛え抜かれた体が覗く。体の左半分に入った刺青を見せびらかすようにシャツを脱ぎ捨てた。

おお、と生徒たちから感嘆の声が上がる。

中国人である月龍はもともと細身のシルエットに、よく鍛えられた理想的な筋肉を乗せている。単に体を大きく見せるためではなく、実用的とわかる無駄のない筋肉だった。まるでしなやかな黒い猟犬のようだ。

均等に割れた腹筋と厚い胸板が、十代には出せない男の色香を醸し出している。世界中から集まった生徒の中には大人顔負けの体格の者もいるが、やはり成熟した男と比べると見劣りした。

ツェンは床に伏したまま視線だけを上げて月龍を睨みつけた。助けてくれたはいいけれど、これから月龍と公開セックスをさせられるのか。

なぜこんな大勢の前で月龍と……と思うと、正体のわからない苛立《いらだ》ちがツェンを包んだ。見られたくない、誰にも。

月龍がズボンの前を寛《くつろ》げ、取り出した男根を手淫《しゅいん》で育て上げる。膨れ上がっていく雄を見て、生徒たちが生唾を飲んだ。

「すげえ……、かっこいい」

「見ろよ、あの形と色。俺たちと全然違う」

「使い込んでるって感じだよな」

角度こそ臍につきそうな十代のものには及ばないが、岩のように硬いとわかる黒々とした男根は、成獣の匂いをまとわりつかせてそそり立っていた。下から見上げると、その凶暴なものの形がよくわかる。

根元から中心に向かって太さを増し、ゴツゴツとした青黒い血管を浮かび上がらせる長大な茎。きのこのように大きく張り出した笠はたくましいえらを持ち、狭い肉筒を傍若無人にかき分ける。

月龍の雄は、成人男性の中でもぬきんでているのだろう。誇らしげな彼の様子から自信のほどが窺《うかが》える。

「先生の、相変わらずキョーアク」

生徒たちにもてはやされ、月龍は悠々とした態度でツェンの顔の横に片膝をつく。いきり立った雄が鼻先に突きつけられ横を向いた。

「舐めな、ツェン」

嫌だ。

けれど逆らっても無意味なことはわかっている。

屈辱に塗れながら口を開け、舌先で裏筋とえらの境目を撫でた。襞と血管の微妙な凹凸《おうとつ》をちろちろとくすぐる。

「もっと大きく口を開けて。アイスクリームを舐めるみたいに下から上にな。ちゃんと濡らさないとおまえが辛いぞ」

図々《ずうずう》しい要求に、頭の芯がはち切れそうにいらつく。

自分の心をねじ伏せて、命令されるがまま根もとから先端までねっとりと舐め上げた。

悔しいが月龍の言う通り、濡らし方が不十分だと辛いのはツェンの方だ。もうすでに何人分もの精液でぐず濡れの孔とはいえ、乾いたものが入れば摩擦でひどく痛むだろう。

無心で雄に唾液を塗り込めるツェンの頭を、月龍の大きな手が撫でた。意外なほど柔らかい声でツェンを褒める。

「そう。いい子だ」

こんな手を温かいと思ったりしない。

こんなふうにしゃぶらせるのを優しさだと思ったりしない。

そうやって甘い声でツェンを慰め、本当は心の中で嘲笑《あざわら》っているのだろう。セックスのときだけ優しいふりをして、終わればさっさと突き放すのがその証拠だ。いつも生徒たちに嬲られるツェンを見て楽しんでいるくせに。

せめて不快な顔を見ないで済むよう、目を閉じた。

できる限り口を開き、熱い肉塊を奥まで呑み込む。大きすぎて上手に吸い上げることができない。

閉じきらない唇から中途半端に空気を吸ってしまって、ぢゅる…、ぶぷっ…、と不器用な音が立つのが恥ずかしかった。

「すげ……、エロい……」

少年たちが息を潜めて見入っている。自分が男に奉仕する音がステージに響いて、余計に頭がくらくらする。これもショーの一つなのか。

口端から唾液を滴らせながら、それでも懸命に唇で扱き、のどで締めつけた。

月龍は自らも腰を動かし、ツェンの口中で雄を移動させる。少年のように乱暴にのど奥を突いたりしない。

ツェンが吸い込むタイミングに合わせて自然に腰を奥に送り、ときおりわざとずらしてツェンの唇が陰茎を追うような格好にされる。そうされると自分が好きでしているみたいで、屈辱と羞恥で涙が滲んだ。

「もういい。よく頑張ったな」

優しくすら聞こえる声がツェンの行為を遮り、頬を包んだ手のひらがそっと顔を後ろへ押しやって陰茎を引き抜いていく。

「ん……」

ずるずると熱が抜け出る感触に、痺れた口腔がもの足りなさを訴えた。

望んでいたわけではないはずなのに、顎が外れそうなほど大きなものがなくなって、舌が空虚に頬の内側を泳ぐ。

唇と亀頭の先端を透明な粘液の糸が繋ぐ冷たい感触が、おそろしく卑猥だった。

目を閉じたまま開いた唇を震わせ、はぁ、と吐息を漏らしたツェンの口内に、濡れた温かいものが入り込む。

「……っ⁉」

驚いて目を開くと、月龍の閉じた長いまつ毛を、自分のまつ毛の先端が引っかけた。

くちゅりと音が立って、熱を失って行き場のなくなっていた舌に、月龍のそれが絡みつく。

「ん……、あ……」

柔らかかった。

ぞろりとツェンの歯列の裏側をなぞり、舌の表面を撫で、舌先をくすぐってくる。

キスなんてここへ来てから月龍とはしたことがない。しかもいままで自分の男根を咥えさせていたのに。

汚いと思わないのだろうか。気持ち悪くないのだろうか。

「んん……」

温かい。

月龍の舌はツェンの行為を褒めるように、疲れを癒すように撫でていく。上手に息を継がせてくれ、どこへ逃げても先回りしてツェンを翻弄《ほんろう》した。

感じやすい口内が月龍に支配されていった。大人の手管がキスだけでツェンを虜《とりこ》にし、性感をじわじわと高めていく。

服の下で乳首が尖《とが》るのがわかった。暴力に萎えていた陰茎がゆっくりと頭を持ち上げ始めるのに困惑した。

柔らかい舌触りを脳が心地よいと判断する。甘やかされることなど滅多にない体は、簡単に感じて悦んでしまう。それが悔しかった。

蕩けるような感触に溺れ、いつしか自分からも舌を差し出していた。

「は……」

力の抜けた体を、月龍のたくましい腕が抱き上げる。ツェンの膝ががくがくと震えた。

脚に力が入らないのは、さっき少年たちに蹂躙されていたためだけではない。月龍の舌技が巧みすぎて腰が抜けてしまった状態なのだ。

は、は、と短く息をついてくたりと自分に寄りかかるツェンの頭を、月龍が撫でる。

「いいか、おまえら。こうやって女の子には優しくな。自分の分身を可愛がってくれた口を間違っても汚いなんて態度に出すなよ、一発で嫌われるぞ。口の中は性感帯だ。感謝をこめてキスで感じさせてやれ」

月龍が生徒たちにレクチャーするのを聞いて、情けなさに歯噛みした。少しだって感じたくないのに、経験豊富な大人の男に手玉に取られてしまう。

月龍は座ったままツェンを膝に抱え、下からゆっくりと男根を含ませていった。

「ん……、ん……、あ、あ……」

スカートで隠れてギャラリーには見えないものの、頬を染めて歯を食いしばるツェンの姿は、雄を挿入されているのだと知らせてしまう。着衣のままなのがかえっていやらしい。

ツェンの肉道も月龍の肉茎もあれだけ濡れているのに、極太の欲望は深く呑み込まされると苦しかった。膨れきった亀頭が、少年の未熟な雄では届かなかった奥を押し広げているのだ。

ツェンは月龍の肩に手を置き、ぐずるように額を擦りつけた。

月龍はよしよしとツェンの背を撫でたあと、両手で臀部を下から掴んで少し上に持ち上げてくれる。痛かった部分が遠ざかり、はぁ、と安堵の息をつく。

「相手が苦しがったら、無理に奥まで挿入するな。少しずつ、ゆっくり馴染ませろ。相手が

感じた方が締めつけられて、こっちも気持ちがいい」

月龍はゆったりと腰を回す。ぎちぎちの粘膜に溜まった精液がかき混ぜられて、得もいわれぬ感覚が腰から湧き上がってきた。

臀部をぎゅっと両側から内に向かって押され、塡まり込んだ雄茎の形と硬さを否応なく認識させられる。

余計に狭くなった孔で硬い怒張を扱かされ、甘さに打ち震えた。月龍の動きはツェンが痛がるところを上手に避《よ》けて、絶妙な加減で感じるポイントを擦り上げる。

特に刺激で膨らんだ内側の弱い部分を熱い亀頭で往復されると、肉筒全体が男根に吸いつきたがって勝手に蠕動《ぜんどう》した。

「声を出せツェン。その方がおまえも気持ちよくなれる」

そそのかされるが、唇を嚙みしめて首を横に振った。そんな強情な態度がかえって男を悦ばせると知らないわけではないが、どうしても簡単に屈することは許せない。

感じたくない。なのに、慣れた男はツェンの反応を見ながら、緩急をつけて翻弄する。

声を漏らすまいと歯を食いしばればフッと力を抜かれ、気を弛めれば力強く穿たれた。

無駄な抵抗だと自分でもわかっている。すでにこの一年間に知り尽くされた体は、快感を追うことを止められるものではなかった。

「こっちも可愛がってやらないとな」

ドレスのボタンを外され、露出した乳首を含まれる。そこは吸われるととても感じる場所だ。舌先で弾かれ、歯で甘噛みされると一気に快感が背筋を這い上った。

痛みよりは快感を。

縋ってしまうのは仕方ないだろう。

心で抵抗しながらも、体は勝手に波のような快感に合わせて揺れ動いていた。熱くて、気持ちよくて、腰を捩るのが逃げるためか自ら感じる場所を探すためかわからなくなる。

「熱いな。おまえも感じてるんだろう？　すごく締めつけてくる」

頬に口づけられ、喜びのようなさざ波が胸を満たした。

嫌だ。違う。感じてなんかいない。

拒否したくて必死で心の中で繰り返すも、流され始めた肉体は名を呼ばれるたび悦んでしまう。

「ツェン」

ダメ。呼ばないで。

「ツェン……」

耳から蕩かされ、最後に恋人のように甘く囁かれた言葉で籠絡《ろうらく》される。

「好きだよ、ツェン」

「あ……っ」

ぎりぎりでとどまっていた理性が、熱い波に押し流された。

下腹が甘く引きつれ、重い快感がずんと体奥を貫く。ツェンの快感を的確に感じ取った月龍が、間を置かずに突き上げた。

「あ、あーーーっ！　やめてっ、あ、いい……、いい、からっ、もう……っ、やめ……！」

泣いて許しを乞うた。

こんなふうに感じさせられるとあとで辛い。自分だけが乱れた姿を見せる惨めさで死にたくなる。痛めつけられるだけなら、自分に失望して泣くこともないのに。

だが許しなどないことも、とっくにわかっている。

ツェンの汗ばむ額に、こめかみに、月龍の口づけが落とされる。抱きしめられたまま突き上げられると、裸の胸同士がこすれて汗が匂い立った。月龍の弾む筋肉が熱い。好きだという言葉が耳の奥に何度もこだまする。

「可愛いな、ツェン。もっと溺れろ。ここがいいんだろう？」

もう最奥は痛みなど吹き飛び、頭の芯まで貫く快感を得る場所に変わっている。ぐりぐりと抉《えぐ》られ、むせび泣いた。

「あ、あああ、あ、あ、やぅ、や…、め……っ、やぁ、だめ……っ」

「俺の名を呼んでみろ」

「ユ……、月龍ッ、月龍！　いいっ、月龍……！」

なにも考えられない。言われるがまま、言葉を零し続けた。

「ほら見ろ。上手に抱いてやればこんなに可愛く啼くだろう。言葉を惜しむな。褒めて好きだと声をかけてやれ。ときには獣みたいに襲いかかるのも悪くないが、優しくしてやった方がお互い気持ちよくなれるぜ」

月龍が生徒たちに語りかける内容も頭に染み入ってこない。

自分があとでひどく落ち込むだろうという意識も、頭の片隅から零れ落ちて消えていった。

「同感です、藍先生」

すぐ隣で、京也がこちらを見ながらカイ・ヤンを組み敷いていた。

ステージに仰向けに寝かされたカイ・ヤンはライトに照らされながら、京也の雄を受け入れている。

ウィッグが広がり、京也の動きに合わせて揺れた。カイ・ヤンは甘い啼き声を上げながら京也の腕に指を食い込ませている。

「あん、ん……、すき、京也……、京也の、きもち、いい……」

京也はカイ・ヤンの顔中にキスを降らせた。

「こうやって素直に感じられると可愛いですよね、先生。優しくしようって気になるし、ねだられたらなんでも買ってやりたくなります」

特待生は全部で八人いるが、京也は特に気に入りのカイ・ヤンを甘やかすのに夢中なようだ。

「ね、京也……、また、イースターには卵ちょうだい……。いちばん、おっきいの……ぁ、京也の卵、産みたい……」

カイ・ヤンは媚態を作り、自ら京也の腰に脚を絡ませ、より結合を深くする。京也はうっとりとカイ・ヤンを見つめ、「いいとも」と頬にキスをした。

月龍はにたりと笑う。

「イースターじゃなくてもせいぜい貢いでやれよ。おまえが啼かせてる可愛い恋人が喜ぶぞ。その前にクリスマスもあることだしな」

気に入った特待生にはイースター以外でも高価な贈り物をして、周囲に自分の家の財力を見せつけるのが慣例だ。スクールカーストのわかりやすい形でもある。それが「特別手当」と呼ばれるものである。

「なあ先生、お手本はもういいから替わってよ。俺いい加減見てるだけで出ちゃいそうなんだけど」

周囲の生徒からせっつかれ、月龍は酷薄に唇をつり上げた。

「さあ、どうしようかな。丁寧に扱うっていうなら替わってやらなくもない。正直、特待生を壊されんのは困るんだよ、俺も。これでも校医だからな」

「わかったよ！　わかったからさぁ」

月龍の言葉に、心の奥底で落胆している自分がいる。学園の所有物が壊れては困るから助けてくれたのだ。

教師に尊敬の念など持っていない生徒たちも、月龍の言うことには素直に従う。彼は少年たちを操る術を知っている。

月龍は動きを止め、ツェンの体からゆっくりと楔を抜いていった。巨大な雄が自分の中から抜け出ていく感触にひくひくと震える。それだけで感じてしまって達しそうだった。

肉茎は体液でぬらぬら光り、硬度を保ったまま天を向いている。

「いいぜ、丁寧に抱けよ。特待生はみんなの〝恋人〟だ。道具と思うな」

ほら。

とまた落胆した。

ほら、簡単に他の男にツェンを与えてしまう。なんとも思っていないから。

彼がそれを止められる立場にないことはわかっている。なのになぜこんなにがっかりしてしまうのだろう。こんなに裏切られた気持ちになるのはどうして？

「んぁ……、あ……」

ツェンの体に押し入った生徒は先ほどよりよほど気を使って腰を使い始める。なぜか他の男の体温に強烈に嫌悪を感じて、自然に肩を押し返そうとした。

ツェンのその手首を、月龍が頭上から押さえつける。抵抗できないよう、床の上に縫いとめられた。

ひどい、と唇を噛む。

潤んだ瞳に映る憎い男は、楽しげな笑みを浮かべたままツェンの手首を押さえている。

弱々しく睨みつけると、一層笑みを深くした。

ひどい男だ。恋人だなどと嘯《うそぶ》いて、平気で他の男に抱かせる。さっきは好きだなんて言ったくせに、やっぱり口先だけの嘘だったのだ。

見つめ合う形になり、視界に月龍だけが映る。触れられている手首が熱くて、自分も月龍の手首を摑んだ。

月龍の指がゆっくりとツェンの手首の内側の薄い皮膚をなぞり、ぞくぞくとした官能が腕を伝って這い上がる。

「あ……、う……」

思わず自分の中にいる雄を締めつけてしまい、「すげ……」と少年が感嘆の息を漏らす。

他の生徒たちもツェンとカイ・ヤンの体に群がった。

ドレスを剝かれ、全身に少年たちの舌が伸ばされる。もう痛みはない。いくつもの熱い舌が体中の性感帯を責め立て、狂おしい快感に呑み込まれていった。

同じ顔の少年を二人並べて犯す興奮に、少年たちは酔いしれている。

ぼんやりと霞む視界の中で、月龍が舌舐めずりしそうな表情をしているのに気づく。

月龍が自分を見ている。大勢の少年に嬲られる自分を。いや、すでにツェンにとっては、体中を這い回るいくつもの手や舌が、すべて月龍のものに感じられた。視界には月龍しか映っていない。縋るように、月龍の手首を摑んだ手に力を込める。

「やぁ、あ……、ああ……、ユエ、ロ……ッ」

正体不明の興奮がツェンを包む。笑う月龍を見ながら雄芯に血が集まっていくのを自覚したのが、ツェンが意識を保てた最後だった。

5

またあの夢だ。

夢の中で、ツェンはそれを夢だと自覚する。

『哥哥《グーグ》……』

月龍《ユエロン》とキスした子ども時代を思い出したイースターの夜以降、繰り返し同じ夢を見る。

九歳の自分は月龍にとてもなついていて、好きで好きでたまらなくて、キスをされてときめく。

最近では、あれは自分の初恋だったのだと自覚するようになってしまった。

そしていつしか夢は現在の要素を取り入れて変化してきた。

あの木陰で、ツェンは月龍にキスをしている。自分から覆い被さって、月龍の頬を押さえて熱烈なキスを。

いつの間にか月龍に組み敷かれている。

九歳のいたいけな体を開かれ、自分は子どもとは思えない淫乱な声を上げる。

——俺が嫌いか?

ううん、ううん、好き。

好き、哥哥。

――可愛いな、ツェン。もっと溺れろ。

小柄な体には余るほどの一物に深々と貫かれながら、ツェンは幼い手足を月龍に絡みつかせ、妖艶に腰を振る。大きな手で手首を押さえられ、見つめ合って、視界が月龍でいっぱいになる。

哥哥、大好き。

哥哥……。

ふと、唇になにかが触れて目を開けた。

至近距離に見えた顔にドキッとする。

「なに……してんだよ」

自分の顔の横に手をついて見下ろす月龍を睨みつけた。

まだ夜の気配が濃い。深夜を過ぎてそれほど経っていないだろう。

ツェンは小劇場でさんざん嬲られ、意識のないうちに寮に連れ帰られた。月龍に体を清められ、ベッドに寝かされたときに一瞬だけ気がついたが、再び泥のような闇の世界へと引きずり込まれていた。

床近くに設置されたフットライトだけが室内を照らしていて薄暗い。だけど月龍の表情は近すぎて忌々しいほどはっきり見える。

平日の消灯は二十三時で、それ以降生徒は部屋を出てはいけない決まりになっている。規則を破って消灯時間後に特待生の部屋を訪れる生徒も稀《まれ》にいるが、基本的には安心して眠れる時間のはずである。それなのによりによって校医に起こされるなんて。

「特待生たちの様子を見て回ってたんだよ」

特待生は毎夜生徒たちの慰み者になるため、ベッドから動けなくなっている者も多い。消灯時間後に校医である月龍が全員の部屋を訪れ、必要な処置を講じることになっている。エーグル・ドールの校医の務めの一つである。

「そんなこと言ってんじゃねえよ、いまなにしたっつってんの」

月龍に対しては言葉使いもぞんざいになる。月龍は笑って指でツェンの頬を弾いた。

「おまえがあんまりなつかしい可愛い呼び方で俺を呼ぶからつい、な」

カァッと頬が染まった。夢で呟いた「哥哥」を声に出してしまったような気がする。それをよりによって月龍に聞かれていたとは！

「寝言だろ！　別に呼んでねえよ！」

ブランケットを引っ張り上げて顔を隠そうとしたが、月龍が上に乗っているために動かない。

月龍は気にするふうもなく、もう一度唇を重ねようとした。

「やめろよ！　なんだよいきなり！」

キスは慣れていない。

小劇場で月龍にされたキスには、悔しいが溺れてしまった。だからもう味わいたくない。大嫌いな男にこれ以上流されたくないのだ。

いままでキスなんかろくにしたことがないのに、どうして突然。

「理由なんかいらないだろ。したくなったからする。それだけだ」

ふてぶてしいこの男らしい言いぐさだ。

「おれはしたくないからしない。どけよ」

月龍はにんまりと笑った。

「じゃあ俺のこと哥哥って呼んでみな。そうしたら今夜は帰ってやる」

誰が！

哥哥は特に親しい間柄で使う単語だ。しかもどちらかというと幼児語の色合いが強い。月龍に憧れていた子どもの頃ならともかく、いまさらそんな呼び方ができるものか。

あんな……親しみをこめて言っていた言葉を。

「あんたって小児性愛者《ペドフィリア》なわけ？　そういうプレイが好み？」

突き放すように言ったが、

「そうだって言ったら？　幼児プレイでもしてくれんのか」

簡単に返されて、冷たく見返すしかできなかった。

しょせん自分と月龍では生きてきた時間が違う。口でかなうはずないのだ。

ゆっくりと下りてくる、造作だけなら美しい吸血鬼のような顔を、瞬《まばた》きもせずに睨みつけた。

ちゅ、と触れて、硬く引き結んだ唇の合わせ目を舌先で往復される。どうせ開かれてしまうのだからと、観念して口を開いた。

熱い舌が口腔を嬲り始めると、官能的なキスにすぐに意識を持っていかれる。物覚えのいい若い体は、すぐに新しい快楽の味を覚えてしまう。

「なあ……言えよ……」

吐息混じりに、月龍が囁く。

「……いやだ」

「言えって」

「やだ……ったら……」

性的なキスの合間に呟かれる言葉。これではまるでわざと恋人の気を引きたがっている女性みたいだ。

睦言《むつごと》のようだ、などと思った自分の思考に背筋が寒くなった。

「んぅ……」

深く口づけながら、月龍がシャツの裾から手を忍び込ませる。

「なん……だよ、またすんのかよ……」

「俺はさっき中途半端だったからな」

「勝手にやめたくせに……」

そして他の男たちに与えたくせに。

思い出すと、胸に疼痛が走る。同時に月龍の燃えるような視線と手の熱さがよみがえり、性器が張りつめていくのを感じた。そんな自分の反応にうろたえる。

「最後までして欲しかったのか、みんなの前で」

「……っ！　ふざけんな！」

見せたくなかった、と思ってしまった。

月龍に感じている自分の顔を。そして、達するときの月龍の顔を。野性的な眉をわずかに歪め、満足げな笑みを浮かべるあの表情を他の誰にも見せたくない。あれは二人だけの……。

とっさにそこまで思って、自分の考えに動揺した。

「どうせ……っ、笑ってたんだろ、おれが他の男に抱かれてるの見て！　誰に抱かれても感じる体になったって面白がって……っ」

「興奮した」

低い声で囁かれ、ツェンののどがひくりと詰まる。

深い艶《つや》を帯びた月龍の視線がツェンを舐め下ろしていく。

小劇場でのツェンを思い出しているのだろうか。生徒たちに嬲らせたときと同じようにツェンの手首を押さえ、うっとりと眺めている。

「可哀想にな、ツェン……」

そう言いながら、月龍の瞳は欲情に濡れている。その目が小劇場での記憶をツェンにもよみがえらせた。

あのときのように押さえられている手首を、いまなら振り払えるのに……。

「……月龍なんか嫌いだ……」

月龍の目が細まり、唇が暗い愉悦につり上がる。そのまま口づけられると、月龍の興奮が唇を通して自分にも流れ込んでくる気がした。

「知ってる……」

月龍の手はツェンの手首から離れ、忙《せわ》しなく肌を往復する。乳首をくにくにとこねられて、ぴくりと竦んだ舌を宥めるように優しく吸われた。

「は……、ぁ、ん……、あ、あ、あ、……」

刺激されるたび舌が震える。それを甘噛みされるのが不思議なほどいい。キスだけで感度が上がってしまって、小さな突起はいつもより健気《けなげ》な反応を見せた。

知らなかった、キスしながら体を弄られるとすごく感じるなんて。唇を噛まれると腰が蕩けるなんて。

ひどく甘やかされながら、その夜は泣きたいほど感じた。


「どう、ツェン？　これいい？」

後ろからツェンを抱きかかえた少年が乳首を弄る。

すでに赤く色づいた突起は執拗《しつよう》にこねられ潰され、弄られすぎて痛みを覚えるほどだ。

「ん……、ちょっといたい……」

「そう？　じゃあ舐めてあげる」

「あ……っ」

周囲にいた少年たちのぬるついた舌が二つ、両側からそれぞれの乳首を弾いた。

唇で覆われくちゅくちゅと唾液を塗《まぶ》されると、じんじんした刺激が下肢へ落ちる。

「あー、やっぱ口でされる方がいいか。硬くなった」

勃ち上がった雄を指先で弾かれ、羞恥で頬を染める。

生徒たちは小劇場以来、ツェンの体を「研究」することに熱心になっている。ツェンを感じさせた方が自分たちも気持ちがいいと気づいたからだ。甘い声を引き出すため、あの手この手で感じさせようとしてくる。

乱暴にされないのはありがたいけれど、実験動物のように扱われることに辟易《へきえき》する。いちいち感想を求められたり、反応を実況されたりするのも恥ずかしい。

「挿れるよ。痛かったら言って」

来たるべき女の子との本番に備えて練習しているつもりなのか、そんなふうに声をかける少年もいる。緊縛やSMに凝った生徒に相手をさせられる特待生もいる中、この扱いは破格といっていい。

背後から抱きかかえられたまま、ゆっくりと男根が小さな蕾に沈んでいく。硬い切っ先が内腔を押し広げていく感触に思わず反らした胸を、正面に陣取った少年に吸い上げられた。

「ん、あ、あ、あ……、あぁ、そこ……っ」

「ここ?」

「ああんっ!」

いい部分を擦られ、腰がくねった。

少年が狙いすましてそこを往復する。

「ああっ、ああっ、あああぁ……っ」

「うわ、すげえ締まる……っ、最高……！　やべー、オレ女の子とできるかな……」

身悶えるツェンと夢中で腰を振る少年を取り囲んだ少年たちが、ごくりと唾を飲む。

「そ、そんな……？」

「ほんと、すげえいい……、前立腺《ぜんりつせん》擦るときゅんきゅん締まるし、奥の方狭いし」

涎を垂らさんばかりの少年たちが、早く替われとせっつき始める。

ドアがかちゃりと開いて、新たな来訪者が訪れた。

夕食後から消灯までは、誰でも好きなときに特待生の部屋を訪れていい決まりになっているので、消灯までは引きも切らない。

「あ、藍《ラン》先生」

びくん、とツェンが顔を上げる。曇り始めた意識が一瞬で引き戻された。

「交じります？」

少年が声をかけるが、月龍は手を振って断った。

「見回り中だ。おまえらが特待生に無茶してないか」

月龍は消灯後だけでなく、ときおりこうして特待生の様子を見て回っている。中には行為が行きすぎて特待生の体をひどく傷つけてしまう生徒もいるからだ。

「えー、おれたち優しくしてやってるよな」

「なー。こないだ先生に教えてもらって、その方が可愛いし気持ちいいってわかったから」

こんな扱いがいつまでもつかといったところだが、短い期間でも丁寧にされた方がありがたい。

「ねえ、先生ってツェンとカイ・ヤンの恋人なんでしょ」

「恋人じゃないと教師は特待生に手を出せないからな」

「うわ、ずるいな。ルールの抜け穴？　先生はツェンとカイ・ヤン、どっちが好き？　どっちが気持ちいい？」

少年の質問にどきりとした。

男根に貫かれながらでも、耳は会話に集中してしまう。

「どっちもかな。それぞれ可愛いとこあるぜ」

優等生的な回答に、少年たちは不満そうな声を上げた。

「じゃあさ、恋人が他の男に抱かれてんのどんな感じ？　嫉妬《しっと》しちゃったりするの？」

ちら、と月龍がツェンを見たのがわかった。

途端に甘ったるい熱が腰に生まれ、壺の中がどろりと溶けた。

「すげ……っ、なんか急に熱くなった……」

ツェンに腰を突き入れている少年が汗ばんだ体を折り曲げる。

月龍がツェンに視線を据えたまま薄く笑った。

「嫉妬で興奮するというのが正しいかな」

月龍の低い声が、肌の表面を撫でた気がした。

——嫉妬で興奮する。

ぞわ、と肌が粟立《あわだ》つ。

「うわ、大人ってやらしー」

「先生変態！」

月龍の言葉に、少年たちは満足げだ。

「じゃあな。あんま無茶すんなよ」

「わかってるって」

月龍が行ってしまう。

なぜかとても残念な気がした自分に愕然《がくぜん》とした。

どうしてと思うのに、目は勝手に未練がましくドアの向こうに消える月龍を追う。

ドアが少しだけ隙間を残して止まった。

「あ……、う……」

ぱんぱんと音を立てて肉を打ちつけられながら、視線は閉じきらなかったドアに吸い寄せられた。

月龍はもうとっくに行ってしまった。

そう思ったのに。

少しだけ開いたドアの隙間から、月龍の光る目がこちらを見ていた。

「あ！　は……ぁっ！」

覗き見に気づいたとき、下腹に弾けるような甘さを感じて、たまらず腰を躍らせた。

＊

秋も深まり、冬の気配が近づいた十一月。

授業はできるだけカイ・ヤンと同じものを選択しているが、定員の関係でどうしても一緒になれない時間もある。カイはいまは空き時間だな……とぼんやり考えつつ、窓の外につと視線を走らせた。

「？」

運動場にいる生徒たちが、こぞって寮に向かって駆け出していく。教師の姿もあった。

ツェンの他にも異変に気づいた生徒たちがおり、ざわついた空気が教室内を包む。

「なんだ……？」

寮の前に車が寄せられる。

人垣で見えにくかったが、寮内から二人の教師に抱きかかえられた生徒らしい人物が運び出され、車に乗せられた。どきん、とツェンの心臓が鳴る。

らしいというのは、人物がシーツに包まれて制服が見えなかったからである。目にまぶしいシーツの白が、ツェンを不安にさせた。急病人だろうか。

怪我人や病人が出れば、普通はすぐに医務室に運ばれる。そうでないということは月龍が不在か、医務室では対応できない症状ということだ。

授業が終わるとすぐに、ツェンは寮に駆け戻った。なにか胸騒ぎがする。

「カイッ……！」

ばたんと音を立て、カイ・ヤンの部屋の扉を開ける。

すぐに部屋の隅にうずくまるカイ・ヤンの姿が目に飛び込み、少し安心した。とりあえず運ばれたのはカイ・ヤンではなかった。

「……カイ？　大丈夫？」

カイ・ヤンは蒼白《そうはく》な顔で自分を抱きしめている。見開かれた瞳が充血して、赤く染まっていた。

「……たんだ……」

「え？」

色を失くした唇を震わせ、音にならないほどのかすかな声を漏らす。

「見たんだ……、ヴィクトルが……」

「ヴィクトル？」

十一年生の特待生だ。ロシア出身の、おとなしくて口数の少ない少年である。

「さ、刺されて……、血が、いっぱい……」

ざっ、と全身の血が下がった気がした。

「あいつ……、あいつ……、じゅ、十二年生の……、ヴィクトルにいつも……」

十二年生の生徒の一人がヴィクトルにのめり込んで、ストーカーまがいのことをしていると聞いたことがある。まさか彼が、ヴィクトルを刺した？

「あいつ……、今年で卒業だからって焦ってた……。あと半年で会えなくなるって……。ヴィクトルは怖がってた……っ」

カイ・ヤンの目からぼろっと大粒の涙が零れ落ちる。

「知ってたのに……っ！　俺知ってたのに！　なにもできなかった！　助けてやれなかった！　あんなっ……、ち、血だらけで……！」

「カイ！　カイ、落ち着いて！」

カイ・ヤンは刺されたヴィクトルを見てしまったのだ。その現場にいたのか運ばれる彼を見たのかはわからないが、もともと繊細なカイ・ヤンには衝撃が大きすぎる。

「カイのせいじゃないから！」

髪を振り乱し、暴れるカイ・ヤンをきつく抱きしめ押さえつける。しばらく腕の中でもがいていたカイ・ヤンは、やがて泣きながらツェンにしがみついた。

「……って、だって俺、知ってたんだよ……。なのに……」

「おれだって知ってたよ。みんな知ってた。けど、なにもできなかったんだよ」

他の男に触れられるのが嫌だとか、自分だけを見て欲しいとか、特待生に望まれても叶《かな》えることは不可能だ。従順に体を開く彼らに、中には勘違いしてしまう生徒もいるのだろう。だがまさかここまでのことをするとは、誰だって思っていなかった。それなのにカイ・ヤンはまるで自分の咎《とが》のように自身を責めている。純粋で優しい兄だと心の底から思う。

泣きじゃくるカイ・ヤンの背を撫で、髪にキスしながら落ち着くまで抱いていた。

「カイ、歩ける？　医務室行こう？」

やっと涙の止まったカイ・ヤンを支えて立ち上がらせる。部屋にいれば生徒たちが来ないとも限らない。こんな状態のカイ・ヤンが襲われたら神経がやられてしまう。

学園内で唯一生徒たちがまったく手出しできない場所。それが医務室だ。月龍だって弱っているカイ・ヤンをどうこうしようとは思わないはず。少なくとも今日くらいは誰にも邪魔されずに休ませてやりたい。

覚束《おぼつか》ない足取りで医務室に向かう。

ちょうど医務室のドアが見えたとき、教師が中から出てくるところだった。額の汗を拭いながら、こちらとは反対方向に歩いていく。

慌てて出ていったらしく、ドアが薄く開いたままだった。入ろうと思ってノブに手をかけると、ドカッ！　となにかを蹴《け》り飛ばす音が聞こえてビクッとした。

中を覗くと、外出から帰ってきたばかりらしくコートを着たままの月龍が「くそっ！」と舌打ちしながら机を殴ったところだった。重い音に身が竦む。

月龍が片手で額を覆い、机の上の書類を薙《な》ぎ払って下に落とす。こんなに苛立ちを露《あら》わにする月龍は初めて見た。

「刺しただと……？　くそ、ヴィクトル……！」

月龍が漏らした名に、隣でカイ・ヤンが凍りつくのがわかった。月龍は苦しげに手のひらに顔をうずめ、もう一度机を殴った。

おもむろにカイ・ヤンがドアを開け、月龍に向かって大股《おおまた》で歩いていく。

月龍が顔を上げると同時に、カイ・ヤンは大きく振りかぶった手で月龍の頬を叩いた。

「あんたが……っ！　ちゃんと見張ってないから！　留守にしたりするから！」

カイ・ヤンは怒りに任せ、再び月龍の頬を張る。だが月龍に避ける動きはない。

「ちょ……、やめろよカイ！」

なおも月龍を叩こうとするカイ・ヤンに駆け寄り、手を押さえる。

たしかに月龍は特待生を管理する立場にある。けれど八人全員の特待生に二十四時間張りつくことは不可能だ。生徒がわざと月龍の目の前で事件を起こそうと思わない限り、月龍にもどうすることもできない。

カイ・ヤンだってわかっているはずだ。これは八つ当たりなのだと自覚しながら、自分を止められないでいる。

カイ・ヤンは怒りで目を真っ赤にしながら、医務室を飛び出していった。

ツェンは月龍とカイ・ヤンの出ていったドアを交互に眺め、どちらに行っていいか一瞬迷う。

「なにをしている。カイ・ヤンを追いかけろ」

「あ……、う、うん」

鋭く月龍に言われ、慌てて医務室を出る。ドアをくぐる直前、

「ヴィクトルの命に別状はないと伝えてやれ」

と言葉が追ってきた。

心から安堵しつつも、おそろしい事件と初めて見た月龍の激情に、胸が重く塞がった。

枯葉を踏むと、さく、という音が響いた。

校内ボランティアの清掃活動で、数名の生徒たちが枯葉拾いをしている。

ツェンも片手にビニール袋を持ち、決められたエリアの枯葉を拾い集めている。十一月の

空は鈍色《にびいろ》の雲が厚く下りていて、冷たい風が首筋を吹き抜けるのに肩を竦めた。

要領のいい生徒は適当に手を抜いて、そろそろ寮に戻っている頃だ。

いままでの経験から、早く寮に戻っても特待生にいいことなんかなにもない。

できるだけ長く時間を潰したくて、エリアに指定されていない校舎裏まで枯葉を集めに行った。

誰もいないだろうと思ったのに、いまは花の咲いていない花壇の前に月龍が膝をついて、素手で土を掘り返している。

仕立てのいいスーツのズボンも手も泥だらけだ。

なにをしているんだろうと訝《いぶか》しみ、近くに寄ってみた。

「なにしてんの」

声をかけると、月龍はやっと気づいたように顔を上げた。

「おまえか」

手もとを覗き込むと、小さな猫が一匹、硬直した体を横たえていた。

「お墓、作ってるんだ?」

「そんないいもんじゃない。埋めてやるだけだ。ここなら春になれば花が咲いて、少しは寂しくないだろう」

月龍は最後に、側に落ちていた小枝を拾って土の上に立てた。

それを墓というんじゃないのかと思ったが、敢《あ》えて口にはしなかった。

いつもふてぶてしい月龍の横顔が少し寂しげに見えた。

「あのさ、神さまって、優しいから天国に連れていくんだって」

月龍が顔を上げてツェンを見る。

「だからその子、優しかったのかもしれないね」

慰めたいのだろうか。

自分でもどうしてこんなことを言っているのかと思う。ヴィクトルの事件以降、月龍にどう接していいかわからないでいる。

月龍はしばらくツェンを見つめ、やがてふっと笑った。

「それは昔俺がおまえに言ってやったんだ」

ぱ、とツェンが赤面した。

そうだったっけ。

言われてみれば、まだツェンが六歳かそこらの頃、ペットになったばかりの仔犬が死んで泣きじゃくっていたのを、月龍が一緒に庭に埋めてくれたのを思い出した。そのときに聞いた慰めだ。

月龍は立ち上がると、ズボンの膝を軽く手ではたいた。手指も泥だらけだから、大して落ちはしていないけれど。

頭上から落ちてきた枯葉が一枚、月龍の頬を掠《かす》める。とっさに手で払った月龍の顔が泥で汚れた。

「汚れたよ」

ポケットから出したハンカチで顔を拭いてやる。

なんとなく見つめ合う形になって、どんな顔をしていいかわからなくなった。

「おまえも連れていかれないように気をつけるんだな」

「月龍はずっとあとだね、長生きできそう」

いつものように憎まれ口を返すと、月龍の目もとが柔らかくなった。

あのとき仔犬を失ったツェンに、それ以上なにも言わず抱きしめてくれた。ツェンが泣いて泣いて、泣き疲れて眠ってしまうまで。

——哥哥……。

気づくと声に出していた。

「哥哥」

自分でも驚いた。けれど不思議と照れも嫌悪もなかった。

月龍の唇がそっと重なる。

とても自然なことに思えて、避けようとは思わなかった。

「もう一度言え」

「哥哥……」

再び唇が重なる。

ほとんど唇を触れ合わせたまま、吐息でねだられる。

「もう一度……」

「哥哥」

言葉ごと唇を塞がれる。

何度も呟き、そのたびにキスをされた。

どちらがねだっているんだかわからなくなる。

「哥哥……」

舌先を溶かすように舐め合い、抱き合って深く口づけた。

触れては離れ、離れては触れるキスは長く続いた。


いつも授業の空き時間があるときはカイ・ヤンと過ごしていた。

だが近頃別々に過ごすことも増えてきた。

以前は部屋にいて生徒の訪問があると嫌だから、必ず場所を移動していた。空き教室や準備室、中庭や敷地内の林の中など。

だが最近のカイ・ヤンはあまり気にせず自室で過ごし、生徒が来れば体を与えている。自《や》棄《け》になっているのではと心配だ。自室にいないときでも、ふらりとどこかへ行ってしまうことがある。

他の生徒に対しては仮面のような笑いを貼りつけて応対しているが、ツェンに対しては口数が減ったのも不安だ。

今日も姿が見当たらない。部屋にもいなかった。

ため息をついてとぼとぼと中庭を歩いた。自室に戻る気はしない。

ふと、月龍の顔が見たくなった。

先日のキス以来、見回りのときに顔を合わせた程度だが、思い出したら無性に会いたくなった。

自分はカイ・ヤンが側にいなくて寂しいのかもしれない、代償としてつぎに近しい人に会いたいと思っているのかもしれないと思いながら、医務室に向かった。

医務室の扉を開けて意外な光景に足を止める。

「カイ……？」

カイ・ヤンと月龍が振り向いた。

机に向かって本を開くカイ・ヤンの背後に立った月龍が、本の一部分を指差しながらなにか説明しているところだった。

勉強を教えてもらっている図にしか見えないが、なぜ月龍にと思うと、ぐにゃりと心臓が歪む気がした。

カイ・ヤンは視線をツェンから机に戻すと、ぱたんと本を閉じ立ち上がった。

「ありがとうございました、先生。またよろしくお願いします」

カイ・ヤンが本を胸に持って席を立つ。

「授業料を置いていけ」

歩きかけた背に月龍が声をかけた。

カイ・ヤンは「ああ」と思い出したように振り向くと、伸び上がって高い位置にある月龍の唇にキスをした。

キスを受けやすいように月龍が少し顔をうつむけたのに、今回が初めてではないことが窺える。どう考えていいかわからず、立ち尽くすことしかできない。

カイ・ヤンはなにも言わずにツェンの横を通り過ぎた。ツェンの方を見もしないカイ・ヤンに声をかけることすらできなかった。

心臓が汗をかいたように震えている。

「なんで……、月龍が勉強教えてんの。なんの勉強？」

「カイ・ヤンがおまえに言わないでいることを、どうして俺の口から言うと思うんだ」

胸に風穴が開いた気がした。

それはそうだ。聞くならカイ・ヤンに聞くべきだ。

カイ・ヤンが自分に黙ってなにかをしているというのがショックだった。その相手が月龍だというのも。そしてその報酬がキスだというのも。

あれはなんだったんだ。

自分と校舎裏で交わしたあのキスは。

「で、どうした。おまえはなにしに来た」

用事がなければ来てはいけないのか。

顔を見たかったなどと言える空気ではなかった。そんなふうに思った自分が道化のようだと思った。

6

クリスマス休暇に入ると、一刻も早く離れたい学園をさっさと飛び出して、ツェンとカイ・ヤンは家族の待つアメリカへ帰省した。どれだけ休暇が待ち遠しかったか！

誰にも襲われる不安なく、ゆっくりとベッドで眠れる。そんなささやかなことが心の底から嬉しい。

温かく迎えてくれた家族の顔を見て、涙腺《るいせん》が弛むほどホッとした。

ツェンは去年のクリスマス休暇で妹に心配をかけてしまったことを反省し、今年は必要以上に元気に振る舞っている。

カイ・ヤンも妹たちには甘い。演技をしているのはツェンの目には明らかだったが、終始穏やかな表情で楽しそうにしていた。

だが。

「学校はどうだね」

息子たちが意外なほど明るいことに安心したのだろう。酒を飲んで気分がよくなったらしい父が、夕食の席で上機嫌で二人に問いかけた。

がたん！

と音を立てて、カイ・ヤンが蒼白な顔で立ち上がる。

「カイ……！」

父を睨みつけるカイ・ヤンの態度に父は「しまった」という顔で居心地悪そうに体を揺らし、シンディは急に変わった空気に怯えて「ふぇ…」と泣き顔を作った。

「カイ、部屋に帰ろう」

ツェンはカイ・ヤンの肩を抱き、退席を促した。

「悪いけど、カイは調子が悪いんだ。先に休ませてもらうから」

「う、うむ……、そうしなさい」

父はばつが悪そうに視線を逸らし、母は聞こえないふりで黙々と食事を続けた。

「じゃあねリン、シンディ。明日は教会に行ってクリスマスリースを作ろう。おやすみ」

リンは不安そうに兄たちを見たが、ツェンが安心させるようにほほ笑むと、小さく頷いてくれた。

「おやすみなさい」

部屋に帰るなり、カイ・ヤンはツェンにしがみついた。

必死に涙をこらえて肩を震わせ、痛いほどツェンの腕に指を食い込ませる。

「ちくしょう……。俺たちを売ったくせに……！」

カイ・ヤンの怒りはツェンの怒りでもある。

本来なら当たり前の父と子の会話。自分たちには、もうなにげない親子の会話も望めないのだ。

――おまえたちには本当にすまないことをしたと思っている。心から感謝しているよ。

エーグル・ドールの特待生になると決まったとき、父は涙ながらに謝った。

会社が倒産すればクリストファー家は破産、一家離散の可能性も高かった。兄妹ばらばらに施設や親戚《しんせき》に引き取られ、なかなか顔を合わせることもできなかっただろう。

だから仕方ないのだ。自分とカイ・ヤンが身を売れば倒産は免れる。冷たいようだが正直会社なんて、社員の生活なんて学生である自分たちには責任がない。ただ家を、妹たちを救いたい一心だった。他に方法がなかった。

感謝して媚びへつらい、いつまでも頭を下げ続けろなんて思わない。けれどせめて、不用意に自分たちを傷つけないよう気を使って欲しい。

「ツェン……、約束覚えてる?」

ぽつりとカイ・ヤンが呟いた。

「覚えてるよ」

決して自ら命を絶ったりしないこと。なにがあってもあの地獄を一緒に卒業すること。そして。

「一緒に暮らそうね……」

「うん」

近頃自分と距離を置いているように見えたカイ・ヤンだが、気持ちが変わっていなかったようで安心した。

エーグル・ドールを卒業すれば、自分たちだけで働いて暮らすことができる年齢になる。わだかまりを抱えながら両親の顔を見て過ごすこともない。

いまは少し不安定なカイ・ヤンも、学園を卒業すれば安定するだろう。

どこか二人で住む場所を探して、働きながら暮らそう。ときには妹たちを誘って遊びに出かけて、なにか小さなプレゼントでもしてあげられたら幸せだ。

それまであと二年半……。

翌朝、隣のカイ・ヤンの部屋のドアをノックし、二人でダイニングルームへ下りていった。

昨夜の衝動は去ったようで、カイ・ヤンは落ち着いた顔をしている。

だが朝食の席についていた男を見て、ツェンは目を見開いた。

「おはよう。いい朝だな」

「月龍《ユエロン》！」

藍《ラン》月龍が一家の主人のような顔をしてそこにいた。

リンとシンディは見知らぬ客人に緊張してテーブルの端で縮こまっている。

「どうして……」

月龍はコーヒーのカップを持ち上げて、悠々とひと口啜《すす》った。

「俺には帰省する家がないからな。遊びに来させてもらった。なあ、クリストファー夫人？」

母はびくっと体を揺らし、青い顔に無理矢理笑みを貼りつけた。

「え、ええ……。どうぞ、お好きなだけ滞在なさってくださいな。大したおもてなしもできませんけど。あ、座っててちょうだい二人とも。コーヒーでいいわね」

母はそそくさとダイニングルームを出ていく。父は顔を合わせたくないのか、席にすらいない。

冷たい空気が流れる。

リンとシンディが緊張しているので、ツェンは二人に声をかけた。

「ごめんねびっくりさせて。お兄ちゃんの学校の先生なんだよ。二人とも朝食は食べた？」

妹たちはこっくりと頷いた。

「そう。じゃあ約束通りクリスマスリースを作りに出かけようか」

この男がなにをしに来たのか知らないが、相手をする必要はないだろう。話があるなら父とすればいい。

「おまえたちはここに残れ」

月龍がツェンとカイ・ヤンを顎で示す。

「どうして」

冷たく問い返すと、いつもの冷笑が返ってくる。

「妹の前で理由を言われたいのか」

キッと睨みつけた。

妹たちの前でおかしなことを言うなと目線にこめ、なんとか口もとだけで笑みを作ると妹たちの方を振り向いた。

「リン、シンディ、お母さんと教会へクリスマスリースを作りに行っておいで」

「ツェンは行かないの？」

シンディが眉を寄せて尋ねる。一緒に作りに行く約束をしていて、シンディも楽しみにしていたのだ。

「ごめん、お兄ちゃんお客さんの相手をしないと。お兄ちゃんのぶんも作ってきてよ。きれいなの期待してるから」

「シンディ、わがままを言わないで。ママと行きましょう」

コーヒーを持って戻ってきた母が、これ幸いと妹たちを急《せ》かし立ててダイニングを出ていった。リンは出ていく前にこちらをちらりと見たが、にっこり笑って手を振ってやると、少しだけ笑って手を振り返してくれた。

母と妹たちが出かけてしまうと、ツェンはあらためて月龍を睨みつけた。

「なんでウチにいるわけ？」

「言ったろう。遊びに来たんだ」

「自分の両親の家に帰省すればいいだろ」

月龍がついと顎を上げ、凄然《せいぜん》としたまなざしを向けた。底冷えするような目に、ツェンの背がぞくりとする。空気が氷のように冷たくなった。月龍の機嫌がすこぶる悪くなったらしいことがわかった。

「生憎《あいにく》と、両親とも他界してるもんでね」

「え」

藍夫妻が？

自分は七年近く前の姿しか知らないけれど、二人とも元気そうだった。

病気か事故かわからないが、自分も無神経なことを言ってしまったのだ。

七年もあれば家族構成が変わっているかもしれないことをちっとも考えなかったのは浅慮である。

「……ごめん」

月龍の目が鋭くツェンを貫いた。ツェンが謝ったことが余計に不快なようだ。

どうしてそうなるのかわからなくて、申し訳なさと苛立ちが半分半分になる。失言だったとは思うが、そこまで腹を立てることだろうか。それに謝って余計怒られるのも納得いかない。そもそも実家がないからといって、招待もされない他家に転がり込むというのはどうなのだ。

「来い。カイ・ヤン、ツェン」

月龍は立ち上がり、勝手知ったるという顔で歩きだす。カイ・ヤンと顔を見合わせたが、ついていくしかなかった。

まっすぐ向かったのは父の書斎だ。

月龍はノックもせずにいきなりドアを開け、中に踏み込む。

「ユ、月龍……」

ソファで煙草を吸っていた父は飛び上がるように立ち上がり、動揺して吸いかけの煙草を床の上に落とした。繕うような笑顔を浮かべたが、月龍は取りつく島もなく無表情に父の隣に腰をかけた。

ツェンとカイ・ヤンはどうしていいかわからず、ただ入り口に突っ立っている。

月龍が煙草を取り出すと、父がさっとライターで火を点《つ》ける。月龍はゆっくりとひと口吸い込んで、唇の隙間から煙を吐き出した。

誰も動けない。場の空気が完全に月龍に支配されてしまっている。月龍は双子に向かって顎を上げた。

「なにをしている二人とも。さっさと服を脱げ」

まさかこんなところで？　そんな馬鹿な！

父も驚いて目を丸くした。しどろもどろで視線を泳がせる。

「月龍……、いや、その、それはさすがに……、あ、いや、おまえがここでと言うなら……」

月龍は席を外そうと立ち上がりかけた父の腕を摑み、強引に隣に引き戻した。ドサッと音を立てて腰を落ろした父は、おそろしいもののように月龍を見た。

「そこで見ていてもらおうか。自分が息子になにをさせてるのか、あんたには見る義務がある」

「し、しかし……」

「俺は特待生の健康判断を任されている。俺が不適格と判断すれば、特待生の権利を剝奪《はくだつ》することも可能だぞ。その場合来年度からのぶんの奨学金は返還してもらうことになる」

父の顔色が真っ青になった。

奨学金は基本的に一年ずつの支払いになっているが、会社を立て直す金が必要だったため、四年分まとめて前払いしてもらっている。いまさら返せと言われても無理だろう。

父は蒼白な顔で双子に命令した。

「カイ・ヤン、ツェン、月龍の言う通りにしろ」

全身の血が足もとまで引いていく気がした。

父の前でしろと……？

絶望が心を蝕《むしば》んでいく。誰も自分たちを守ってくれない。

「来い二人とも」

傲慢《ごうまん》な口調で命令されても、身じろぎもできない。

耳が痛くなるような沈黙が流れたが、おもむろにカイ・ヤンが服を脱ぎだした。

すべて脱ぎ落とし、しっかりとした足取りでソファに向かって歩いていく。父の前に立つと、見せつけるように腰に手を当てて挑戦的に見下ろした。

真正面からカイ・ヤンを見ないよう視線を彷徨《さまよ》わせている父の額が、汗でじっとりと濡れている。

カイ・ヤンは横目で父を見ながら月龍の脚の間に跪いた。

「いい子だ、カイ・ヤン。おまえはいつも従順で可愛い」

月龍が満足げにカイ・ヤンの頭を撫でる。

カイ・ヤンは月龍のズボンの前立てを開くと、華奢《きゃしゃ》な指には余るほどの巨大な一物をずるりと引っ張り出した。躊躇いも見せずに頭からぱくりと咥える。

茶色い髪が上下し、ぢゅぽぢゅぽとわざと音を立てて雄を育てていく。

月龍は煙草をくゆらせながらカイ・ヤンの口淫を受ける。

「どうしたツェン。カイ・ヤンにだけさせたいのか」

ぎくり、とツェンの顔が強張る。

カイ・ヤンが月龍の男根を横から咥え、凄艶《せいえん》な流し目でツェンを誘う。

どうしてこんなことを。

ぎりぎりと怒りで頭が締めつけられる。

悪辣《あくらつ》な男だとわかっていたはずじゃないか。なのになぜ一瞬でも気を許した。なぜキスを嬉しいなどと思ったのだ。いくら子どもの頃に好きだったとはいえ！

ツェンは勢いよく服を脱ぎ捨てた。大股で歩み寄り、カイ・ヤンの隣に跪く。

腹を立てながら、奪うように月龍の陰茎を咥えた。

これは父に見せつけるためのパフォーマンスなのだ。どちらにも腹が立った。父に見せつけようという月龍にも、月龍の言う通りにしろと言った父にも。

カイ・ヤンと二人がかりで雄を育て上げる。仔犬のようにぺろぺろと、骨でもしゃぶるように舐め、硬い雄肉に軽く歯を立てた。

月龍は傲然と勃ち上がった屹立を父に見せびらかすようにソファから立ち上がった。

「カイ・ヤン、ローションかハンドクリームくらいあるだろう。取ってこい」

命ぜられると、カイ・ヤンはバスルームに向かった。すぐに、手指が乾燥しやすい父が愛用している無香料のハンドクリームを持って戻ってくる。

「俺個人としてはじっくり時間かけて慣らしてやりたいとこだけどな。あんたの息子が学園でどう扱われてるかを知りたいだろ?」

生徒たちに犯されるときは、大抵ローションのようなもので濡らされ、軽く解《ほぐ》された程度で挿れられてしまうことが多い。

性急な少年たちは、受ける側の体の負担が少ないようにとはあまり考えてくれない。傷つきたくないなら、自衛するしかないのだ。つまり、自分で事前に解しておかねばならない。

指にたっぷりとクリームをしぼり、後ろ手で自分の後孔に塗りつける。

つぷりと指を潜らせると、いきなりの冷たい感触に驚いた粘膜が指を締めつけてしまう。

「う……」

クリームの塊が体熱でとろりと溶け、すでに馴染んだ刺激に粘膜が喜んで吸いついていった。

「カ、カイ・ヤン……!」

父の動揺した声が聞こえ、振り向いたツェンはぎょっとした。

カイ・ヤンは大胆にも父の座るソファの肘かけに片足を乗せ、正面から大股を開いて下半身が余さず見えるようなポーズを取っていた。

クリームをまとった指を父の眼前でひらひらとしてみせ、父から視線を逸らさないままゆっくりと秘部に挿し入れていく。

凝然としたまま見つめる父の目の前でカイ・ヤンの指が躍り、とろとろと蕩けたクリームが指を伝って手の甲まで流れる。

カイ・ヤンは、はぁ…、と艶めかしい息をついて月龍を誘った。

「先生、奥まで上手に塗れないんです。塗って……」

丸い尻を突き出し、肩越しに月龍を振り返る。

月龍はうっすら笑い、長い中指にクリームを塗りつけると、二、三度前後しながら届く限り奥まで挿し入れた。

手のひらをぴったりと尻たぶにつけ、ぐりぐりと塗りつける。カイ・ヤンは気持ちよさそうにわななないた。

半開きのまま震える好色そうな唇が父の鼻先数センチに迫り、父ののどが大きく上下した。

「あ、あん、あったかい……、先生の指、長くて……、いっぱい、なか、いいとこ……、こりこりって引っかいて……」

月龍はもう片方の手でカイ・ヤンの顎を撫で、歯列を割って人差し指を咥えさせた。

「こいつは特待生の中でもとびきり甘えん坊で可愛いんだ。みんなのアイドルだよ」

なあ、と言いながらカイ・ヤンの頬にキスをする。

カイ・ヤンは嬉しそうに咥えた指に赤い舌を絡ませた。

ツェンの心臓がねじ切れそうに痛む。

父に見せつけるためのパフォーマンス……なのかもしれない。けれどどこから見ても慣れたペットと主人のようで、いつも二人のセックスのときはこんなふうにしているのだろうかと思った。

見ていられない、と横を向いた。

カイ・ヤンの嬌態はいつものことだ。彼は生徒たちの間で娼婦のように振る舞うことを覚えている。自分も何度も目にした。

苦しいのは……。

「ねえ先生。挿れて。この体勢のまま、お父さんに挿入ってるとこ見せてあげて」

ちゅぱっと指を離すと、カイ・ヤンはしなを作って肩を月龍に擦り寄せた。月龍は甘やかすように親指でカイ・ヤンの唇を優しく撫でた。

——そんなことおれにしてくれたことないくせに！

キスだって、甘い言葉だって、愛しげな仕草だって。

そりゃあ自分は可愛げがないかもしれないけど、同じ顔をしてるじゃないか。カイ・ヤンがそんなに可愛いなら、自分だって——。

「あ……」

気づいてしまった事実に愕然とする。

悔しいのは、月龍がいちばん甘やかすのが自分ではないからだ。

なんとも思っていない人だったら、誰を甘やかそうが触れようが気になるはずがない。じゃあ、自分はまさか月龍のことを——？

困惑して父の方を向いた。

父はカイ・ヤンに完全に呑まれ、身動き一つできないでいる。

「このまま、か。それもいいが、もう一人いるのを忘れちゃいけないだろ。仲間外れはよくないぜ」

月龍とカイ・ヤンの視線が自分に向いて硬直した。

「だよねえ。三人でしなくちゃね」

ツェンにしなだれかかってきたカイ・ヤンが、首に腕を回して抱きついてくる。

「その前に」

今度は月龍が父のソファの肘かけに足を乗せ、巨大な一物を父の眼前に押しつけた。

「息子たちがしたんだから、あんたにもしてもらおうか」

父は大きく目を見開いた。

「まさかできないとは言わねえよな？　息子たちは健気《けなげ》に毎日男のおちんちんしゃぶってんだぜ。そんだけさせて、自分は一回もなしって不公平な話だよな？」

「う……む……」

父の額にじっとりと脂汗《あぶらあせ》が滲む。

鼻先で体液の滲む亀頭をぶらぶら揺らされ、父はこわごわ口を開けた。

「跪け。息子はちゃんと床に膝ついてしたろ」

父はほとんど悔しがる素振りも見せず、ずるりとソファを下りて膝をついた。悔しさも怒りも驚きに呑み込まれたか、または浮かばないのだろう。

月龍の要求も息子を前にしては断れないに違いない。

父は月龍の怒張を手で摑もうとして躊躇い、結局手を下ろして両手を自分の腿に置いた。

口だけをわずかに開き、ぶるぶる震える唇を先端に近づける。

「そんなんじゃ口に入らねえよ。もっと大きく開けろ」

命令されるが緊張からか口を開くことはできず、その代わり舌をだらりと伸ばした。のどが渇いている汚れた犬のように見えた。

おそるおそる舌先をぺとりと鈴口に当てたとたん、父の顔が大きく歪む。やっと自分のしていることを理解し始め、脂汗が滴り落ちた。

どん！　と音がして、月龍が父の肩を蹴り飛ばす。

「ぎゃっ！」

反動で舌を噛んでしまったらしく、床の上にもんどりうった父が口を押さえて転げ回る。

「あーあ、やっぱ中年じゃその気にならねえな。萎えちまう。おとなしくそこで見てろ」

吐き捨てると、月龍はツェンの肩を押してソファに寝そべらせ、折り曲げた片足をソファの背もたれにかけて大きく脚を開かせた。

カイ・ヤンにはツェンの上に四つん這いで被さるよう言いつける。

脚を大きく開いて見上げる自分を、顔の横に手をついたカイ・ヤンが見下ろしている。

月龍がぐっとカイ・ヤンの背中を押すと、ツェンとカイ・ヤンの胸がぴったり合わさった。

カイ・ヤンは肘で体重を支え、尻を突き出す格好になっている。自分とキスしてしまいそうな距離にカイ・ヤンの顔があって息を呑んだ。

二人の雄蕊が触れ合っている。滑らかな感触に、茎がぴくりと動いた。

「可愛い孔が二つ並んでぱくぱく口開いてるぜ。早く挿れて欲しいってな」

父と月龍から見えているだろういやらしい眺めを想像したら、一気に肉茎に血が集まった。

白く丸い双丘が縦に並び、中心には男を欲しがってひくひくと震える花蕾が二つ。双嚢同士が柔らかく触れ合って揺れている。

「最初はゆっくりしてやるからな」

「あっ」

目の前の小さな顔が揺れ、のどを反らして眉根を寄せた。苦痛ではなく、快感で。

月龍がカイ・ヤンの細い腰骨を摑み、ゆっくりと挿入していく。

「ああ、あぁぁぁぁーーー……っ」

ずりゅ、ずちゅ、と音を立て、浅い部分を数度押し引きしてから最奥まで呑み込ませ、それから引き抜いた。

ツェンの襞にも同じように呑み込ませて奥まで押し広げ、何度か抜き差しする。硬い肉塊が狭道をかき分ける感触に背筋がぞくぞくと痺れた。

「馴染みがいいな。さすが双子だ」

揶揄とも賛辞ともとれる言葉を皮切りに、月龍の動きが早さを増した。

「あっ、あっ、あっ、あぅ……っ」

挿入に歪むツェンの顔を、至近距離でカイ・ヤンが見ている。こんなに間近で自分の感じる顔を見られるのは恥ずかしい。

カイ・ヤンはわずかに頭を振って悶えるツェンの頬にちゅっちゅっと愛しげにキスをし、揺れる雄蕊に自分のものを押しつける。

快感が這い上り、自らも腰を揺らし始めたところでいきなり引き抜かれた。

「なんでっ……?」

だがすぐにカイ・ヤンが小さな悲鳴を上げる。

「ひぁうっ」

ツェンに覆い被さった体が前後に揺れる。

「やぁん、あ、ああ、そんなの……っ」

目を瞑って首を振り、快感を訴えている。

だがまたしても。

「あっ、やだ、抜かないで……」

カイ・ヤンは涙目で月龍を振り返り、白い尻を震わせた。

再びツェンの蕾に、熱い剛棒がずぷりと潜り込む。

「ひっ」

濡れた灼熱の塊が、最奥までずんと突き上げる。さっきより一層早く重い動きで。

「うあ、ああ、ああ、あつ、いっ…、ああっ、あつい……っ！」

脳天まで突かれるかという重さで、長大な男根が激しく出入りする。

膨れ上がった陰茎がカイ・ヤンのそれにぶつかり、腹の間でも突き刺さるような快感が生まれ始めた。

それなのにまた。

「あっ……、抜かな……」

「ひぁっ！　ああ…、だめぇ、そんなあついのっ……！」

カイ・ヤンが嬌声を上げる。

代わりにツェンの後蕾が巨大な楔を失って、内腔がどくどくと脈打っている。

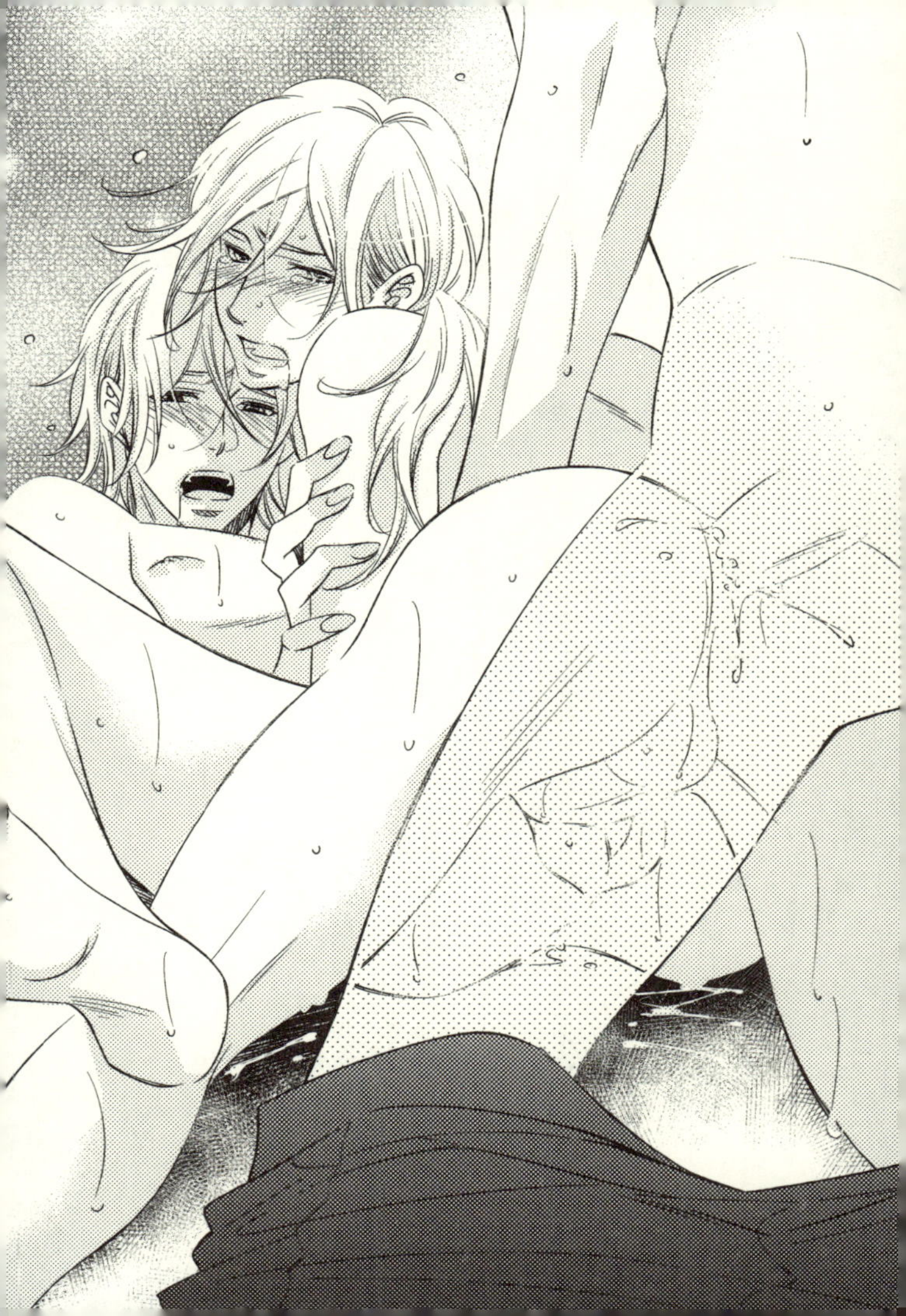

「あ……、い、いれてっ、くれよっ……！」

「やだっ、まだ抜かないで……！」

カイ・ヤンは涙を滲ませ首を打ちふるう。

「抜かないでぇっ……！」

「あうっ、あ、濡れたのが……、はいっ、て……、おくっ、もっと奥まで……っ！」

月龍の剛直が自分の孔に入るたび悦びの悲鳴を上げ、抜かれるたび喪失の嘆きを上げた。

何度もそれを繰り返しては二人を切なく喘がせる。

突かれるたびに脳内が白く弾ける。重なり合ったカイ・ヤンの肌が熱い。

自分の順番でないときの喪失感に耐えられず、カイ・ヤンが泣きながらツェンの唇を塞いだ。もどかしい昂《たかぶ》りを唇に移したように、激しくツェンの唇にむしゃぶりつく。

ツェンも夢中でカイ・ヤンを貪《むさぼ》った。そうしなければ粘膜の切ない震えに耐えられない。

二人ともがもどかしさでこめかみを伝うほど涙を流したとき、月龍が二人の腹の間に手を差し入れ、二本の肉茎をひとまとめに摑んだ。

「あっ」

大きな手でまとめて握り、しゅっしゅっと扱きだす。

「あっ、ああっ、ああ、あああっ……！」

「ひぁ、あ、あああ、あ……っ」

二人の嬌声が重なる。

月龍は手の中で二本をこね回し、ねじり、先端同士を合わせて擦り上げ、複雑な動きで扱き上げる。

「ん、ん、ん、ん、んっ……」

快感に翻弄され、桜色に頬を上気させたカイ・ヤンがぎゅっとツェンの頭を抱きしめる。ツェンも下からカイ・ヤンの背中を抱きしめた。

先端の小さな孔から溢れ出す愛液が、余計に触れ合った部分を一つにする。

重なり合った肉茎が溶け合うように熱くて、快感を共有しているのだと、自分と同じ顔が伝えてくる。自分もこんなに淫らで美しい顔をしているのだろうか――。

舌先が、陰茎が、後腔までもが一つに溶け合う。互いの粘膜で濡れそぼった男根が二人を繋ぎ、ひとかたまりの淫獣に叩き落とす。

「そろそろ出すぞ……。どっちが欲しい?」

叫んだのは同時だった。

「お、おれがっ…！」

「俺にして……っ！」

快感以外のなにも考えられない頭で、自分を選んで欲しいと強く思った。

だから最後に灼熱が押し込まれ、体奥で熱が弾けたときは身震いするほど嬉しかった。

同時に腹の間で自分とカイ・ヤンの白濁が弾け、快感で気が遠くなる。

「ああ……」

脱力したカイ・ヤンがツェンの上に覆い被さる。

汗ばんで上気した体は花蜜の香りをまとっていた。

「ひどい……、俺も中に出してって言ったのに」

カイ・ヤンが恨みがましい目で月龍を振り返る。

ふるいつきたくなるような媚態だった。

「どっちかにしか出せないんだから仕方ないだろ。その代わり」

「え」

月龍がツェンの陰茎を持ち上げる。逐情したばかりとはいえ、十代の雄はまだまだ力を失わない。軽く扱かれるとたちまち硬度を取り戻して頭を持ち上げた。

「カイ・ヤンにもくれてやらなかったら可哀想だもんな」

「う……、そ……」

信じられなかった。

月龍が持ち上げたツェンの陰茎の先で、カイ・ヤンの蕾をくすぐる。少し力を入れれば蕾をくぐってしまう。

くちくちと先端で入り口を往復すると、カイ・ヤンが涙目で月龍を見上げる。

「欲しいんだろ」

カイ・ヤンがこくりと頷く。

そんな……ダメだ……いやだ、だめだ、そんなこと、兄弟で！

「ダメだよ！」

「ごめんねツェン……」

ツェンの腹の上に手をついたカイ・ヤンが、月龍が支えるツェンの肉茎の上にズッと腰を下ろした。

「ああ……」

頬を薔薇色に染め、カイ・ヤンがため息をつく。

ぬるぬるとした狭隘《きょうあい》に包み込まれ、思わず叫んでしまうほどよかった。

「カイッ……！」

カイ・ヤンは愛しげにほほ笑むと、複雑な動きで腰を揺らし始めた。

口でされるのとも違う、根もとから先端まで温かく締めつける肉の感触。肉棒全体に快感がまとわりつき、蠕動して精をしぼり上げようとする。ともすれば意識ごと吸い出されてしまいそうな強烈な射精感。

「あ、ぐ……、あ……」

濡れた粘膜で扱かれる感覚が、これほどいいとは！

「ああ……、ツェン……、きもちいいよ……」

鯉《こい》のようにパクパクと口を閉じ開きするしかできない。

ダメだダメだと心の中で繰り返すのに、脳が蕩けてしまったように無意識にカイ・ヤンを突き上げている。重い背徳感と快感の狭間で、思考がどろどろと煮え崩れていく。

つっ、とカイ・ヤンの頬に涙が伝った。

「……めんね。俺……、ごめ、ごめん、ツェン……、ごめ……、愛してる……」

リズミカルに上下する腰の奥へ、気づけば大量の精を放っていた。

7

「なんであんなことしたんだよ」

夜になるとツェンは発熱した。見舞いと称して月龍《ユエロン》がその憎らしい顔を見せたのは深夜だ。発熱したのは激しさのためだけではない。

父の前で、カイ・ヤンと重ねて抱かれ、あまつさえカイ・ヤンをそそのかして兄弟で一線を越えさせた。精神的なショックが大きかったのだ。

息子たちのあんな狂態を見せられて、父だって相当ショックを受けていた。行為の最中には存在を失念してしまっていたけれど、終わったあと呆然自失していた父を見て、心が痛んだ。

「おまえの親父が嫌いだからだ」

なんの感慨もなさそうに言う月龍に腹が立った。

「どうして」

父は母の遠戚である藍《ラン》夫妻を中国から一家でアメリカへ呼び寄せ、会社でそれなりの部門を任せ、自分が生まれる前から家族ぐるみでつき合ってきたはずだ。月龍の大学の費用も父が出した。

自分にとっては息子を売るしか会社を存続させる手腕のなかった情けない父だが、月龍にとってみれば恩人といってていいのではないか。

代わりに月龍がしたことといえば、ツェンとカイ・ヤンを学園に紹介し、見返りとして体を要求することだけ。

どう考えたって月龍は人でなしだ。利用価値がなくなれば恩人も平気で足蹴《あしげ》にする。

「恩知らず！　おまえなんかこの家にいて欲しくない！　出ていけ！」

自分とカイ・ヤンが体を張って守った大切な家に、土足で踏み込むような真似をしないでくれ。

「俺が憎いか？」

いっそ淡々と、いつもの台詞《せりふ》を口にする。

「憎いよ」

「嫌いか？」

「大っ嫌いだ」

睨みつけるツェンにいつもの薄い笑みを浮かべ、月龍は屈《かが》み込んでツェンの耳に囁いた。

「俺もおまえが嫌いだ」

一瞬、心臓が止まったかと思った。

ひくりと頬を震わせ間近で見た顔は、意外なほど穏やかだった。

「憎んでないと辛いだろう?」

誰が、なにを、辛いって?

尋ねる間もなく、囁いた唇はそっと離れていった。

*

『まあ、また満点とったの。カイ・ヤンはお利口さんね』

藍夫人が屈託のない笑顔でカイ・ヤンの頭を撫でる。

『ツェンはバスケットの試合で優勝したんですって? すごいわ』

ツェンの頭も撫でてくれる。

『お祝いにアイスクリームを食べに行きましょう』

母よりも二十歳近く年上の藍夫人は、祖母のような存在だ。

『またお弁当作ってよ! 来週みんなで釣りに行くんだ』

『こらツェン、お客さまになんてこと』

母は困った顔でツェンを諌《いさ》める。

『いいのよ、私料理が大好きだもの。こないだ美味《おい》しいって言ってたお料理も入れてあげましょうね。月龍の好物も入れておくわ』

『やったあ！』

藍夫人は温かく優しく料理上手で、いつも笑っている。

大きなバスケットに料理をたくさん詰めてくれて、みんなで釣りをした。

大きな魚が釣り上げられて、みんなで目を丸くした。

『つぎのカイ・ヤンとツェンの誕生日には、大きなケーキを焼いてあげるわね』

大喜びだったけれど、その約束は果たされないまま、藍夫妻は転勤していってしまった。


翌朝目覚めると、もう月龍はいなくなっていた。

「さあ……、夜中のうちに出ていったみたいね」

尋ねると母は困ったように頰に手を当てて返事をした。

挨拶もなかったのか。どこまで失礼な男だろう。

そう思いつつ、彼がいなくなったことに安堵と寂しさを両方感じている自分がいる。

ツェンは遅く起きてきたので、妹たちも父も出かけたあとだった。カイ・ヤンはまだ眠っているという。

父がいなくてよかった。どんな顔をして会えばいいかわからない。

カイ・ヤンとも顔を合わせづらい。どこか出かけようか。

「ツェン……」

母が沈痛な面持ちでツェンを見ている。

「なに？」

母は暗い顔でため息をつき、額を押さえてうなだれた。

「ごめんなさいね……」

気づけば、母は目に涙を溜めて肩を震わせている。

「お母さん？」

「本当に悪かったと思ってるの。あなたたちをあの学園に行かせたこと」

「お母さん……」

「ああするしかなかったの。ああするしか……。でも、やらなきゃよかった。そうまでしなければ守れないものなら、もうおしまいにすればよかったのよ……」

震えながら泣く母の肩を抱いた。母は父の不用意な言動でカイ・ヤンが怒ったことで、息子たちが深く傷ついていることを悔いている。

「ありがとう。大丈夫。一年ちょっと頑張ったんだもん。あと二年半頑張るよ」

「許してなんて言えないけど……」

その言葉だけで、少しは救われた気がする。

「藍さんだって……」

「え?」

母はハッとして顔を上げた。

「藍さん?」

「あの……、なんでもないのよ。ごめんなさい、急に。わたし、カイ・ヤンの様子を見てくるわね」

母は慌ててダイニングを出ていった。

なぜ急に藍家の名前が出てくるのだろう。

母を追いかけて尋ねてみたい気がするが、カイ・ヤンと顔を合わせるのも気まずい。

夫人のことを思い出し、藍家のことを調べてみようと思った。

なにかがあるわけではないだろうが、母の言葉が気になる。調べてなにも出てこなければ本当になんでもないのだろう。月龍に聞けば手っ取り早いのだろうが、彼とはいつも世間話できるような雰囲気になどならない。

家のパソコンは父の書斎にあるので、昨日の今日で入りたくない。妹たちのパソコンではレーティングがかかっていて重要な記事は見られない可能性がある。

今日は家から離れたいこともあり、図書館に行くことにした。

パソコンのカードを借り、検索項目を考える。

まぬけなことに、藍夫妻の名前も覚えていない。

当時ツェンはまだ九歳で、月龍のことだけは名前で呼んでいたが、藍夫妻のことはミスター藍とミセス藍だった。

とりあえず父の会社の概要と関連記事を見ることにする。中国食材を扱う会社ということで中国人社員は多いだろう。藍という苗字がどれくらい多いのか、または少ないのかの見当もつかない。

だがいろいろ調べていると、心臓が汗をかくような記事を発見した。

父の会社であるオウェン&クリストファーの経営状態は思わしくない。七年前に違法な偽装食材が摘発された折、初めての倒産の危機に陥った。それからずっと、経営は行ったり来たりを繰り返しているようだ。

ツェンの目を引いたのは、その七年前の記事である。

製造部門の管理責任者であるラン・ユンイェ氏が、偽装食材が摘発された際に責任を取って会社を辞職している。そのうえ……。

「夫婦で自殺……?」

記事によると、ラン・ユンイェ氏は遺書にすべて自分が勝手にやったと書き残し、辞職願いとともに机に置いて、妻ともども車で崖下に飛び込んだという。

結局本人が亡くなってしまったので偽装食材事件の原因や理由は曖昧《あいまい》になってしまい、ラン氏のみが罪を被って収束した形になっている。

「まさか……」

急に転勤になったと聞かされた。

電話も手紙もダメだと言われた。月龍も姿を見せなくなった。

時期も名前もぴたりと合う。

そしてこの類《たぐい》の事件は、自死を選んだ人間がすべての罪を被って会社を助けるケースが往々にしてあるということである。会社のために殺されたといっていい。

もしや……、もしや……。

月龍の態度が昔と変わった。クリストファー家を憎んでいる様子だった。父も母も月龍に頭が上がらないようだった。そして母の言葉。

暖房の入った室内で、ぶるりと震えて自分を抱いた。

すべてが繋がっていく。間違いない――。

藍夫妻は、父の会社を救うために犠牲になった！

頭の中で藍夫妻の人のよさそうな笑顔がぐるぐると回る。

間接的にであれ、父は人を殺したのだ――。

ぼんやりと、ベッドに腰かけて自室で壁を見つめていた。

再会してからの月龍とのことを一つ一つ思い出す。

最初に元気そうでなによりだ、とツェンが挨拶したときに態度が冷たかった。それはそうだろう、両親が自殺して傷心の日々を送ってきたのだから。

昨日だって、自分の両親の家に帰省しろなどと言ってしまった。恩知らずと罵《ののし》ってしまった。知らなかったとはいえ、両親を殺した家の息子がどの口で。

「ふ……っ」

シャツの胸もとを摑んで顔を伏せた。申し訳なさと悲しみで胸が抉られるように痛む。

月龍がツェンとカイ・ヤンをエーグル・ドールへ叩き込んだのは、復讐《ふくしゅう》のためだったに違いない。憎い男の息子を性奴に堕《お》とし、凌辱した。だから父の前で抱いた。ツェンが生徒たちの玩具になっているときも、いつも楽しげに見ていた。

憎んでいないと辛いと言ったのは、月龍自身の気持ちのことだったのだ。

好かれているなんて思っていたわけではない。けれどそこまで憎まれているとも思っていなかった。お金が欲しくてやったのだろうとこちらが軽蔑《けいべつ》していたくらいだ。

心のどこかで、キスをしたり愛撫《あいぶ》をしたりする月龍は自分を嫌っていないと思い込んでいたのではないか？　甘い空気が流れたと勘違いしなかったか？

馬鹿みたいだ。さんざん嫌いだと言われ、自分だって嫌いだと言ってきたのに、本当に嫌われていたと知るのがこんなに辛いなんて。

月龍が変わったんじゃない。彼はいつも同じだった。好きなものと嫌いなものがはっきりとしていて、自分は「嫌いなもの」側になっただけだった。

「哥哥《グーグ》……」

大好きだった月龍。彼の屈託のない笑顔を見たのはいつが最後だったろうか。みんなで行った、あの釣りのとき？

思い出すと急に愛しさが湧いてきて、のどがつかえる心地がする。

いまでも大好きなのだと、本当に嫌われていると知ってから気づいた。

会って謝りたい。

父のしたことを許してもらえるなんて思わないけれど、せめて誠心誠意謝りたい。ツェンを凌辱することで彼が慰められるなら、なにをされてもいい。

うつうつとベッドに腰かけていたツェンの部屋のドアが音もなく開く。

「ツェン」

カイ・ヤンが猫のように部屋に入ってくる。顔を見てどきりとした。月龍のことと相まって、気持ちが落ち着かない。

カイ・ヤンはベッドを軋ませながら隣に腰を下ろすと、露悪的な笑みを浮かべた。

「昨夜のお父さん、いい気味だったね」

「カイ」

「先生のこと嫌いだけど、昨日は好きだったな。お父さんに意地悪してくれてスッとした。呼んだ甲斐《かい》があったな」

「呼んだ?」

カイ・ヤンが?

エーグル・ドールの教師は長い休みには、学園から緊急連絡用の携帯電話を支給される。それを使って連絡したのだろうか。それとも個人的に彼の連絡先を知っているのだろうか。カイ・ヤンが月龍に電話をかけた。たったそれだけのことが、目眩《めまい》がするほど妬《ねた》ましい。彼らが特別な関係にあることの証明のようで。

「そ。学園生活はどうだなんてふざけたこと聞くから、じゃあ見せてあげようって思って。先生そういうとこノリいいよね。お願いしたらすぐ来てくれたし、ちゃーんと可愛がってくれたし」

謀らずも、カイ・ヤンは月龍の復讐の一端に手を貸してしまった。父を苦しめられる絶好の機会に、月龍は嬉々《きき》としてやってきたのだろう。

暗い気持ちになったが、月龍の両親のことを思えばこれくらいされるのは仕方ないと思った。

きる気がする。

でも……。

「先生が帰っちゃったのが寂しい？」

寂しい。いますぐ謝りたい。いまならもっと違う目で、違う態度で月龍に接することができる気がする。

でも……。

「……どうしてカイは、おれが月龍がいないと寂しいと思うんだ？」

カイ・ヤンは以前もそのようなことを言った。月龍と間接キスで嬉しいかとか。

「おれが月龍を好きなように見える？」

ずっと嫌いだと言っていたし、自分だっていまのいままでこんなに好きだなんて思ってもいなかった。キスをして甘い気持ちになったりはしたけれども、はっきり好意を自覚していたわけではない。

「はぁ？　気づいてないの？　ずっと好きでしょ、昔から」

昔はたしかに好きだった。初恋だったとも。けれど再会してからは違うと思う。

「昔はそうだったかもしれないけど……」

カイ・ヤンは冷ややかにツェンを見た。

「いつも目で追ってるの気づいてないんだ？　俺と先生が一緒にいるときに俺を見る目、どんなかわかる？　すごく嫉妬してるよ」

そんな。

「あいつに抱かれるときだけ露骨に声色変わっちゃってさ。滅茶苦茶《めちゃくちゃ》感じてて、甘ったれて」

自分の痴態を思うと頬が染まった。はたから見てそんなに違うのだろうか。

「やめなよ、あんな男」

腹を立てたような声でカイ・ヤンが言う。

「最低だよ、俺たちをエーグル・ドールなんかにぶち込んで」

「それは……」

クリストファー家への、父への復讐なのだ。

でもそれをカイ・ヤンに言うべきだろうか。最終的に決めたのは父で、従ったのは自分たちだ。

「平気で俺のことも抱くよ?」

ずきん! と胸が痛んだ。

知ってる。カイ・ヤンだけでなく、きっと他の人間とも寝るだろう。彼にとってセックスは本当に愛しい人とする特別な行為ではない。ツェンにしたキスと同じ。したいからする、ただそれだけだ。

カイ・ヤンの指がうつむいてしまったツェンの顎にかかる。

「あんな男やめて、俺にしなよ」

――え？

カイ・ヤンを見ると、とても切なげな目でツェンを見ている。

「好きなんだ、ツェンのこと。家族としてじゃなく」

「そんな……」

真剣なまなざしは嘘や冗談とは思えない。

「お願い、俺を選んでよ。いまはなんの力もないけど、卒業したら頑張るから。一緒に住もうって約束したよね」

「ちょ……、ちょっと待って……、いきなりそんな……、どうして……」

カイ・ヤンは辛そうに顔を歪め、ツェンをベッドに押し倒した。

動揺のあまり、なんの抵抗もできずに素直にカイ・ヤンを見上げてしまう。

「いきなりじゃないよ。ツェンて自分のものだけど、人の恋心にも鈍感なんだね。俺、ずっとツェンが好きだったよ。ものごころついたときからずぅっとね。昨日ツェンとできて嬉しかった。やっぱり好きだって思った。させてくれて、そのことは先生に感謝してる」

カイ・ヤンが指先でツェンの頬をそっと撫でる。温かいはずの体温が冷たく感じられて、底冷えするような気持ちになった。

昨日セックスしてしまったのだ、この兄と。

藍家のことがショックで吹き飛んでしまっていたが、あらためて背徳的なことをしてしま

ったのだと黒雲のようなものが心に湧いてきた。

「俺がどうして先生のこと嫌いだと思う？　ツェンが先生のこと好きだからだよ。だから俺は昔から先生が大嫌い。ツェンみたいにあの人のこと名前でなんて呼びたくないから、先生って呼ぶくらいにね」

カイ・ヤンは子どもの頃から月龍になついていなかった。

まさか、そんな理由だったなんて！

「ほんと言うとね、先生個人のことは嫌いじゃないよ。俺が昔からずっとツェンのこと好きだって知ってて馬鹿にしないでくれるから。俺のことなんか好きじゃないくせに、こじつけだって恋人って立場取ってるから誘惑にも乗ってくれるし、お願いも聞いてくれるから。意外と優しいしね」

カイ・ヤンの目が暗い光を帯びる。

「でもあの男はダメ。絶対に幸せになれないよ。歪んでるんだ」

「歪んでる……？」

そうだよ、とカイ・ヤンは言った。

「兄弟で好きなんて歪んでるって思うでしょ。とんでもない、先生の方がずっと歪んでるよ。あの人、好きな人が他の男に抱かれてるの見て興奮するんだ。ツェンが犯されてるときの先生の目、いちばんきらきらしてる」

カイ・ヤンは思い違いをしている。

月龍がツェンが犯されてるのを見て嬉しいのは、憎いからだ。憎い相手がひどい目に遭っているから楽しいのだ。そもそも月龍がツェンを好きだなんてありえない。はっきり嫌いだと言われている。

嫌われている……胸が痛くて痛くて、泣きたくなった。

そんなツェンの表情を見て、カイ・ヤンも泣きそうな顔になる。

「俺じゃダメ？　セックスだってできたし、ツェンだって感じてたでしょ。抱かれる方がいいっていうなら抱くよ。お願いツェン、俺を好きになって」

必死の懇願が心に重くのしかかる。

好きだけれど、カイ・ヤンと同じ種類の気持ちじゃない。

「カイのことは誰よりも大事に思ってる。辛いときは力になりたいとも……」

「そういうんじゃなくて！」

もどかしげにカイ・ヤンが叫ぶ。

「キスしたい、セックスしたいってことだよ、わかってるでしょ」

はっきり言われて、言葉に詰まった。

カイ・ヤンが懸命なぶんだけ、応《こた》えられないことに罪悪感が募る。

「……言わないつもりでいたんだ。兄弟でそんなの叶わないって思ってたから。でもセックスして欲が出た。これからもチャンスがあったら俺はするよ。ツェンのこと好きだから。欲しいから」

あの爛《ただ》れきった学園で特待生として過ごしていれば、そんなこともあるかもしれない。いや、きっとカイ・ヤンは自分からそうなるよう仕向けるだろう。双子で番《つが》えば生徒たちにとって最高の見世物になる。しろと誰かに命令されれば、自分に逆らう術などないのだ。

頬を強張らせたツェンに、カイ・ヤンは悲しげに唇だけで笑った。

「いつも他の人とするとき、ツェンとしてるんだって想像しながらしてる。すごく感じるよ。きっともうツェンには嫌われちゃうね。気持ち悪い？　俺のこと嫌いになった？　だったらそう言って。ボロクソにけなして拒絶したら諦《あきら》めるかもよ？」

そんなことを言わないで欲しい。そんな、泣きそうな顔をして。

けなすなんてできない。でも受け入れることもできない。なにを言ってもカイ・ヤンを傷つけてしまう気がする。

黙って見返すしかできないツェンを見つめ、カイ・ヤンはくしゃりと顔を歪ませた。

「言えないんだ……、ツェンは優しいから。ううん、残酷だから。受け入れてもくれないくせに、突き放すこともしない。せめてひどい言葉で傷つけてよ……！　いちばん好きになってくれないなら、いちばん嫌いになって！　ツェンからもらった傷なら、俺は喜んで一生抱えていくから！」

溢れ出す感情をこらえきれないように、カイ・ヤンの語気がどんどん強くなっていった。

自分を睨みつけるカイ・ヤンの目は、狂おしいほど愛を求めている。

ずっと、カイ・ヤンは自分と同じ顔をしているのに、どうしてきれいに見えるんだろうと疑問だった。

恋しい人に見せる顔だからなのだと、いまやっと気づいた。

「カイ……、カイのこと、特別だよ。愛してる。でも、ごめん……」

恋情に応えることはできないけれど、愛しい気持ちに偽りはない。ひどい言葉なんて言えない。わかって欲しくて、精一杯心をこめて言った。

それなのに、カイ・ヤンはとても傷ついた顔をした。

「……ツェンて独占欲強いよね。俺のことカイって呼ぶのはツェンだけ。すごく嬉しいよ、特別扱いしてくれて。でも俺知ってるよ、あいつのことも哥哥って呼んで甘えてたの。そんなふうにあちこちで〝あんたは特別〟って顔してずるい」

泣きだしそうなカイ・ヤンの言葉に、頬を張られたような衝撃を受けた。

「そうやって、いちばんにしてくれないくせにいい顔して俺を繋ぎとめておくんだ!」

ぶつかるように被さってきた唇を、避けることができなかった。

「つっ……!」

ガリッと唇を噛まれ、とっさにカイ・ヤンの肩を突き飛ばす。

カイ・ヤンはくしゃりと顔を歪ませ、真っ赤に染まった目を逸らして部屋を飛び出していった。

残されたツェンは呆然と天井を見上げた。噛まれた唇の痛みだけが現実感を伝えてくる。

知ってしまった藍家の事実と、月龍の憎悪と、カイ・ヤンの恋心と。

なにもかもがごちゃまぜになって、なにも考えられなくなった。

数日考えて、一つずつ答えを探していった。

まず自分の気持ち。

やっぱり月龍のことが好きだ。嫌われていても、触れたいと思う。月龍の視線を思い出すと、少しだけカイ・ヤンの気持ちがわかる。憎まれているのだとしても、月龍が自分に強い想いを抱いてくれることにどこか喜びを感じる。無関心にされるくらいなら、嫌われている方がまだ近くにいられる気がする。

つぎに、カイ・ヤンの気持ち。

これはどうしても受け入れられなかった。好意は心から嬉しいし、大切な人なのも変わらない。けれどそれとこれは別だ。兄弟同士での恋愛は、少なくとも自分は成り立たない。カイ・ヤンは表面上はなにごともなかったような顔をして過ごしている。言いきって、あとはツェン次第だと思っているのだろう。

月龍のことは答えが出なかった。

知らなかったことを素直に詫びて、どうすれば彼の気持ちが収まるのか聞いてみよう。それがどんなに辛いことでも、月龍の両親のことを思えばなんでもない。

月龍のことを思い出すと、早く会いたくてたまらなくなる。クリスマス休暇が終わるのが待ち遠しいと思う日が来るなんて。

「カイ・ヤン、ツェン、ちょっといいか」

折り入って話があると父に書斎に呼ばれたのは、もうすぐ休暇も終わり、三日後には学園に戻らねばという頃合いである。

ここに来るとあの晩のことを思い出してしまって落ち着かない。

書斎に入るなり、父は二人に向かってがばと額《ぬか》づいた。

「この通りだ！」

困惑してカイ・ヤンと顔を見合わせる。

父は両手両足を床についたまま血走った目で顔を上げ、立ち竦む二人を見上げた。

「こ、この通りだ……、頼む……、もう一度、人に買われてはくれないか……」

カイ・ヤンと目を見開いた。

父はぶるぶると震えながら二人の足もとに擦り寄る。

「か、会社に金がいるんだ……、今回を乗りきればなんとか……、なんとかなる。ここで会社を潰してしまったら、せっかくおまえたちがもらってくれた奨学金もすべて無駄になる。社員全員が路頭に迷う。いい話があるんだ。いまの学校を辞めて、父さんの知り合いの男に買われてくれ……」

寝耳に水とはこのことだ。

カイ・ヤンが憤怒の形相で床を蹴りつける。

「ふざけんなっ！　俺たちがどんな気持ちで毎日……っ！」

「わかってる！　それはよーくわかってる。だがしかし……」

ツェンも予想だにしなかった話に狼狽《ろうばい》している。

「ちょ……、ちょっと待ってよお父さん。だってもう奨学金四年分もらってるんだろ。自分たちから辞める場合、違約金として奨学金の三倍を支払うって……」

父は膝をついたまま哀《あわ》れっぽく手を合わせた。

「そこは考えてある。今年度が終わればあと二年分。自主退学なら違約金を支払わねばならないが、校医の診断があれば病気退学になる。違約金ではなく、通常の二年分の奨学金の返還になる。つぎのお方はその二年分は出してくださるそうだ。そのうえでそれなりの金額をおまえたちに支払うと言っている」

つまり、今年度で退学をして、その金持ちのところへ行けということだ。

「月龍には私から特待生不適格の病理診断書をお願いする。なに、少し握らせれば書いてくれるだろう」

学園の性奴から、どこともしれない金持ちの性奴へ。

いまの学園ならあと二年半と期限つきだが、つぎの場所はどれだけいさせられるかわからない。まさか一生……。

もしそこで飽きられたとしても、また別の金持ちに売り飛ばされる想像しか浮かばない。そうやって一生誰かの性奴として過ごしていくのか。なんの希望もない。

絶望感で目の前が真っ暗になった。これが親の言うことか。

「絶対に嫌だ！　なるならお父さんがなれよ！　なんで俺たちが会社のために！」

カイ・ヤンは目を真っ赤にしながら叫んでいる。自分だって嫌だ。

「頼む！　社員全員の生活がかかってるんだ！　今回さえ乗りきれば本当に！」

藍夫妻のことが頭に浮かんだ。

会社を救うために命を失った藍夫妻。そうまでして繋いだその会社を、自分が助ける手立てがあるのに、むざむざ潰してしまっていいのだろうか。

断るべきだ。

そう思ってるのに。

脳裏に藍夫妻の笑顔が浮かぶ。彼らが守った、オウェン&クリストファー。月龍に償うためになんでもすると、さっき誓ったばかりじゃないか。

「……いいよ」

「ツェン！」

驚いたカイ・ヤンがツェンを振り向く。

「おお、ツェン……！」

父が涙を流さんばかりにツェンに縋りつく。

「そうか……そうか。おまえはいい子だ。わかってくれると思っていた」

「ツェン、どうして！」

「おれ、一人で行くよ。だからカイは……」

「そ、それは困る！　二人セットでないとダメなんだ。双子だからの条件なんだよ」

父が慌ててつけ足すのに、ぎりりと奥歯を噛んだ。

カイ・ヤンは拳をぐっと握りしめた。

「……だったら、俺も行く」

「カイ」

「ツェンが行くとこなら俺も行く」

あらためてカイ・ヤンの想いの深さを知る。どれだけ地獄のような場所であろうとも、カイ・ヤンはツェンと一緒ならと悲壮な決意でいるのだ。彼の気持ちに応えられたら、どれだけ幸せだろうと思う。

いままでの態度は演技だったんじゃないかと思う浮かれ具合で父は立ち上がり、二人の肩を抱いた。

「よし、よし、いい子たちだ。じゃあ気が変わらないうちに、早速契約書にサインしてしまおうか」

父は引き出しからさっと契約書を取り出し、テーブルの上に置いた。

あらかじめこんなに手際よく取り出せるように準備してあったのだと思うと、腹立ちを通り越して怒りが麻痺《まひ》してくる。

契約書は、細かい文字でびっしり書き込んである。

「ここと、ここにサインすればいいだけだからな」

契約書をじっくり読む暇さえ与えないつもりか。ざっくりと目を通すと、どうやら場所は中東の一国らしかった。

きちんと読まねばと思うのに、飛び込んでくるおそろしげな単語に目が滑って頭に入ってこない。それでも人間としての尊厳をすべて奪われる、いまよりもなおひどい性奴隷になるのだということはわかった。

カイ・ヤンはツェンが先にサインをするのを待っているようだ。こちらを窺いながらペンを持った手を止めている。

指先が冷たい汗をかく。自分の決断がカイ・ヤンも巻き添えにするのだ。

本当にいいのか。自分だけならともかく大切な人を苦しめて、本当にこれは正しいのか。

ぐるぐると頭の中を疑問が巡る。

いや、月龍の両親は命さえ落としたのだ。それを思えば……。

重苦しい気持ちでサインをしようと紙にペンを乗せたときだった。

「やめて！」

書斎のドアが音高く開き、母が駆け込んできた。

ツェンとカイ・ヤンの手からペンをむしり取る。

「やめなさい！」

ペンを床に叩きつけ、契約書をぐしゃぐしゃに丸める。

「なにをするんだ！」

父の怒声が飛び、高い音がして、母が床の上に崩れ落ちた。

「お母さん！」

カイ・ヤンが駆け寄って母の肩を支えた。

「もう……、もう嫌なのよ、子どもたちを売るのは……」

母は泣きながら両手で顔を覆う。

「お、おまえまでがなにを言う！」

「七年前に倒産してればよかったんだわ！　そうしたら藍さんだって死なずに済んだのに！　あのときもあなたは藍さんに罪を被ってくれと頼んだ。そして今度は子どもたちを犠牲にして……！」

父が蒼白になってもう一度母を叩こうとしたときだった。

母の後から部屋に飛び込んできた月龍が振り上げた父の腕を摑み、力任せに放り投げた。父はよろめいて床の上に無様に転がる。

「月龍！」

冷たい視線で、月龍が父を見下ろした。

「どこまで腐ってるんだ、あんたは」

苦々しげに吐き捨てる。

「父に罪を被せて自殺に追い込んだだけでは飽き足らず、息子を二回も売ろうとするとはな」

月龍の登場で父はぐ、ぬぅと歯を噛みしめた。

「か、会社のためにだな……」

「前二回はそうだったかもしれない。だが今回は私欲のためだな。調べさせてもらったが、現状オウェン&クリストファーの状況は上向き始めている。もちろん油断はできないが」

母はぽたぽたと床に涙を落とした。

「上機嫌だったのよ……、息子たちは極上の性人形になったって。あれなら高く売れるって。この人はお金に目が眩《くら》んでどうかしてしまったんだわ。お金が欲しくなったら、きっとつぎは娘たちを売ろうって言いだすわ。もうわたし、子どもを売りたくない……」

母の告白にぞっとした。

父は母に、上機嫌で子どもを売る計画を話したのか。母も同じ気持ちだと思って。ツェンとカイ・ヤンがエーグル・ドール学園の特待生になることが決まったとき、両親は涙を流して謝罪してくれた。本当の涙だと思っていたのに、父の涙は作り物だった。母は後悔して苦しんでいたのに。

「どうしても我慢できなくて、月龍に助けてもらおうと思って来てもらったの。あなたに意見する勇気がなくて。でもわたしがやらなくてはいけないと言われたわ。母親ですもの」

「おまえ……」

「貧しい村から身売り同然で来たわたしと結婚してくれてありがとうございました。あなたにずっと頭が上がらず、逆らえませんでした。でももう無理なんです。別れてください。子どもたちと出ていきます」

父の顔が、怒りとも困惑ともつかない表情で、赤くなったり青くなったりしている。

母は泣きながら、自分の肩を支えていたカイ・ヤンを抱きしめた。

epilogue

「おまえが謝ることじゃない」

月龍はツェンの方を見もせずに言った。

父が月龍の両親を死に追いやったこと、それを知らずに過ごしていたことを謝った。知らない間に月龍を傷つけていたから。

あのあとツェンとカイ・ヤンは月龍によってそのまま家から連れ出された。母はほとんど荷物らしい荷物も持たず、翌日には妹たちを連れて家を出ていってしまった。

「だいたいおまえになんの関係がある。おまえが社長なわけでもあるまいに」

「だって……。父が憎いから、おれたちを売るようそそのかしたんだろ。苦しめたくて。復讐のために」

自分を憎いのだろう、嫌っているのだろうと言うのは辛かった。自分は月龍のことが好きだから。月龍の顔を見られずうつむいた。

「大学に行かせてもらった恩はあるが、正直に言えば、おまえの父のことは憎い。だがおまえとは関係ない。俺の両親のことは、両親が考え抜いて出した結論だ。そうせざるを得なかったにせよな。両親の遺言はたった一つ。クリストファーに復讐を禁ず」

ツェンははっと顔を上げた。

「俺はなんら復讐した覚えはない。おまえたちをこの学園へ引き込んだのも、ここは比べ物にならない本物の変態地獄に売り飛ばされないようにするためだ。おまえの親父ならやりかねないと思ったからな。尿道に電気を通されるくらいじゃ済まなくなるぞ。おまえがサインしようとしたのはそういう場所だ。そんなところに行きたかったか」

あらためて背筋が凍りついた。

想像を絶する闇が、この世界のどこかにある。

では、月龍はむしろツェンたちを助けるためにエーグル・ドールに引き入れた？

「ここなら俺が見張ってやれる。壊れる前に助けてやれる。……もっとも、間に合わないこともあるかもしれないが」

一瞬瞳が揺らいだのは、ヴィクトルのことが頭をよぎったからだろう。

普段は人を喰ったような表情をしていても、心の奥底には激しい感情が渦を巻いている。

彼なりの正義感と努力で、月龍は生徒を守っているつもりなのかもしれない。

「できるだけ近くで気をつけてやる。だからもう、バカなことをするな。これ以上自分を犠牲にする必要はない。おまえの親父がなんと言おうと、今後一切耳を貸すな。無事にここを卒業することだけを考えろ」

両親の復讐のためにツェンたちを性奴に叩き落としたのだと思った。もっと前は、金のために自分たちを売り飛ばした汚い男とさえ。

でも本当は……。

「月龍は……おれたちのこと、守ってくれてるの？」

月龍は諦めたように横を向いた。

「そんないいものじゃない。クリストファー家を守るためにはこうするしかなかっただけだ。だがせめて、おまえたちのことは側で見張っててやりたかった。生徒たちの間に入るには一緒に特待生を抱けるような状況が必要だったから、少々強引な手を使わせてもらった」

は、と月龍は短く息をつく。

「こんなこと、言うつもりはなかったがな。だが言っておかないと、おまえはまた親父のバカな提案に乗りかねない」

じゃあ、恋人になって抱かせろというのも、輪姦の中に入れる状況がないと見張れないから？

「……助けられる財力がなくてすまない」

ぽつりと呟かれたのは、そんな方法しか取れなかった月龍の謝罪だ。

こちらを見もしないで言った声は小さかったけれど、彼の悔しさが感じられた。

泣きたいほど胸が揺さぶられる。復讐されていたのではなかった。月龍の手の中で、できる限りの力で守られていた。

「月龍はおれのこと、憎んでない……？」

「俺がおまえを憎んでるかどうかじゃない。おまえが俺を憎んでるならそれでいいんだ」

意味がわからない。

「こんなところで生きていくのに、誰かを憎んでいないと辛いだろう？」

ぱちん、と脳裏でなにかが弾ける音がした。

いつも自分を嫌いかと聞いた。憎んでいるかと。

仕方がないのだと諦めるより、なんでこんなことにと行き場のない憤りを抱えるより、おまえのせいでと憎む方がはるかに楽だ。

だから憎ませてくれる。自分だって苦しいくせに、ツェンのことを考えて。

――もうダメだ、好きだ。

嫌われていなかったと思うだけで、天にも昇るほど嬉しい。

「もう憎くなくなっちゃったよ」

「それは困ったな。どうしたら憎める」

ちっとも困っていそうもない声で、そんなことを言う。

もう憎めない。それより。

「好きな人がいるから耐えられる……じゃ、ダメかな」

やっと月龍はこちらを向いてくれた。

「月龍が好きなんだ」

月龍はしばらく口を閉ざした後、いつもの悪辣な笑みを浮かべた。

「やめておけ。俺は優しくないぞ」

ちょっと見はそうかもしれない。でも優しい部分があると知っている。なにより好きだと思ってしまったから。

「月龍はカイが好き?」

「どうして」

「カイとばっかりいちゃいちゃしてる」

「あれはあっちがそうして欲しがってるんだ」

好きじゃないなら手を出さなそうなものだけれど、多分月龍はそうではない。

「勉強の報酬だとか言ってキスしてたくせに」

「体はもう好きにさせてもらってるから報酬にならないだろうが。他に出せるものがないと言うんだから、恋人ならもらってやらないとな。あいつは俺が嫌いだから、嫌々のキスは充分支払いに値するだろうよ」

ということは、月龍は自分が嫌われていることを知っていて、なおかつ嫌いな男とキスをする不愉快さに耐えるカイ・ヤンを見て楽しんでいるわけだ。人が悪いというか趣味が悪いというか。それも月龍らしいと言ってしまえばそれまでだが。

それでもカイ・ヤンが言っていた通り、恋人という立場を取っているから誘惑にも乗るし、願いも聞いてあげるのだろう。彼なりの誠意の表れだ。恋人でない場合はどうなのか、いまのところはよくわからないけれど。

「他の特待生に迫られたら手を出す?」

「出さないな」

不思議なことに、あっさり言うのがかえって信じられた。月龍はツェンとカイ・ヤンだから、こういう方法を取った。

「おれのこと好き?」

なにげないふりで聞いてみたつもりだけれど、心臓がどくどくいっている。

「どういう意味の好きだ」

「だから……、恋愛とか、そういう意味で」

月龍は口端だけをつり上げて暗い笑みを浮かべた。

「他の人間と寝てるのを見て俺が興奮するのはおまえだけだ」

ずく、と腰の奥が疼く。

カイ・ヤンは言っていた。ツェンが抱かれているときの月龍の目が輝いていると。

「それは……、好きなんだと思っていい?」

「そんな感情を愛だとか恋だとかいうんならそうなんだろうよ」

月龍自身にもわからないのかもしれない、と思った。ただ、彼を興奮させられるのが自分だけなんだと考えると、身震いするような恍惚に包まれる。

いつだったか、扉の陰から室内を覗いている月龍の目に感じたことがある。もしかして自分も、他の男に抱かれているのを好きな人に見られて悦ぶ性質なのだろうか。

歪んだもの同士、似合いなのではと思う。

「おれが他の男に抱かれてると興奮するんだ？」

月龍の目が光を帯びる。

「可哀想で、胸が痛くて、……興奮する」

「おれも月龍に見られると興奮するよ」

共犯者のような笑みになる。

好きな人と同じところまで堕ちるわけじゃない。自分はもともと月龍と同種の生きものだった。

「でも、誰に抱かれるより月龍に感じるのも本当」

「俺もおまえを抱くのがいちばん感じるな」

だったらいいんじゃないか。

生徒たちに抱かれているところを月龍に見られる想像をするだけで、ツェンの中心がずくりと盛り上がる。

それを見ていた月龍は激情に駆られ、二人だけのときには嫉妬をぶつけて獣のようにツェンを抱くのだ。

「大好きだよ、哥哥《グーグ》」

「おまえのその言葉には俺は弱いんだ」

ツェンの顎を持ち上げた月龍が、笑んだまま唇を重ねる。

「ねえ、おれが子どもの頃からおれのこと好きだった？」

「どうあっても俺を小児性愛者にしたいのか、おまえは」

「だってキスしただろ」

「したかったからしただけだ」

では、抱きたかったら抱いたのだろうか。月龍のことだから、そうかもしれない。

口づけの合間に、幼かった自分の恋情がよみがえる。やっと捕まえた、と心の奥底が喜びの悲鳴を上げた。

好きで、好きで、好きで。彼がいなくなってしまったことが苦しくて、記憶から追い出してしまうほど好きだったのだと、たったいま気づいた。あんなに衝撃だったキスを忘れていられたのも、好きすぎて辛かったからだ。

月龍の体重を受け止めながらベッドに沈み、手足を絡みつかせる。もう逃がしたくないなら、自分でしっかりと捕まえておかねばならない。

「哥哥、好き……」

エーグル・ドールを卒業するまであと二年半。

それまで幾度、自分はこの歪んだ恋人を興奮させるんだろう。


「やめなよ！　ぜったい不幸になるよ！」

食堂から帰る道すがら、どうしてもカイ・ヤンの気持ちを受け入れられないこと、月龍が好きなのだということを伝えると、猛反対された。

「どうして俺じゃダメなの」

「……ごめん。でも、一緒に暮らそう？　卒業したら、アパートを借りて」

カイ・ヤンは唇を噛んで下を向いた。

「で、週末は先生を引っ張り込むんだ？　あいつを悦ばせるために他の男も入れるの？　俺も頭数に入ってる？」

「カイ、そんなこと……」

「俺はあいつとは違う。好きな人が他の男に抱かれてるの見て悦べない」

カイ・ヤンは下を向いたまま声をしぼり出した。

「いいよ、もう……。それがツェンの幸せなら、好きにするといいよ。でも俺、諦めないから……。いつまでも待ってる」

兄弟では無理なのだということは、きっとカイ・ヤンにもわかっているのだろう。それでも諦めきれないなら、なにも言うことはできない。

「言っとくけど俺、医者になるから。そのために先生にいろいろ教えてもらって勉強してるし。そんで医者になったらこの学園で働くよ、少しでも特待生を守れるように。俺だったらぜったい生徒に手を出したりしない。そのときは先生はお払い箱だからね」

あ、と思った。

月龍がカイ・ヤンに勉強を教えてもらっていることが気にはなっていたが、ずっと尋ねる機会を失していた。

「自分を蹴落とす手伝いさせてやるんだ、先生のこと大っ嫌いだから」

そんなふうに嘯いてみせるのは、いま頼れるのは月龍しかいないのが悔しいからだ。

「……別に、ツェンに気に入られたくてあいつと同じ仕事しようと思ってるわけじゃないからね」

「わかってるよ」

カイ・ヤンの優しさを知っている。あの事件で心を痛めたカイ・ヤンが特待生の力になろうと決意したことは察しがつく。カイ・ヤンが医者になりたいのは、純粋に特待生のためだ。

彼ならきっと医者になってここに戻ってくるだろう。

部屋に着いて足を止める。

隣り合わせた部屋のドアノブにそれぞれ手をかけた。

「じゃあね。また明日」

「うん、明日」

長い廊下の突き当たりの角から月龍が姿を現し、数人の生徒を従えてこちらに向かって歩いてくるのが見えた。

どれだけ離れていても、月龍と視線が合ったのがわかる。腰の奥がどろりとたぎった。

自室の扉を開けば、今日も狂乱の夜が始まる。

カンダウリズム

自分が欠けた人間だということは気づいていた。

昔から人にも物にも執着するということがほとんどない。

性的なことに関してもそれなりに相手を満足させることには努めるものの、自分的には性欲処理程度の気持ちでいたことは否めない。

誰にも高揚したことなどなかった。あの子以外には——。

*

「お茶にするからツェンを探してきてくれないかしら」

母にそう言われ、月龍《ユエロン》はクリストファー家の庭を歩き回っていた。

ツェンの双子の兄であるカイ・ヤンはおとなしく室内遊びをしていたが、ツェンの姿がなかった。

カイ・ヤンはもの静かな子どもだが、ツェンはいつも元気よく走り回っている。双子なのにこうも違うものかと感心するほど中身は対照的だった。

いくら落ち着いた子どもとはいえ、カイ・ヤンに探しに行かせたら、一緒に遊んでしまって戻ってこない可能性もある。

研修医として多忙な日々を送っている自分としては少しでも体を休めたいところだ。内心面倒臭いと思ったものの、そこで断るほど大人げなくもない。

約十年前、中国で高校に通っていた月龍を両親とともにアメリカに呼び寄せたのは、父の遠戚《えんせき》に当たるクリストファー夫人だった。月龍より三つ年上の夫人は幼い頃の一年間だけ藍《ラン》家に住んでいたことがあり、自分とも面識がある。

夫人の両親が病気で倒れた際に藍家が面倒をみたことにずっと恩義を感じていて、月龍の両親の勤めていた会社が倒産した折に、夫に頼み込んで藍一家をアメリカに移住させた。

ザック・クリストファーは中国食品を扱う会社を経営しているが、工場のライン作業員として働いていた夫人の美貌《びぼう》に惚《ほ》れ込み、熱烈に求婚して妻にしたという。

そんなわけで、彼は妻に甘かった。

藍一家を呼び寄せ、夫妻を社員として雇い、家族ぐるみでつき合った。妻に懐の大きなところを見せようと思ってか、月龍の大学の学費も負担してくれた。

両親の経済状態では大学への進学は絶望的と諦《あきら》めていた月龍にとって、それは本当にありがたかった。

だから大学を卒業してメディカルスクールに進み、研修医として多忙ないまでも、合間を縫ってクリストファー家には顔を出している。

「ツェン、どこだ。いたら返事をしろ」

庭を歩きながら、子どもが隠れていそうな場所に声をかける。

「……哥哥《ゲーゲ》？」

くすん、くすん、と庭の植え込みの向こうから、幼い子どもがしゃくり上げる声が聞こえた。

覗《のぞ》いてみると、植え込みの陰にしゃがみ込んだツェンが目を真っ赤にして泣き腫《は》らしていた。

よく見れば片方のサンダルが脱げ、親指の先に血を滲《にじ》ませている。木の根にでも躓《つまず》いてしまったのだろう。

「歩けないのか」

尋ねると、ツェンはこくんと頷《うなず》いた。

子どもの相手が好きなわけではないが、自分を哥哥と呼んでなついてくるこの少年は可愛《かわい》いと思う。

無邪気に信頼を寄せ、全身で月龍を好きだと表してくるツェンは、研修に忙殺される日々でつい感情がささくれがちな自分の癒《いや》しにもなっている。

ふた回りも年齢が離れていて弟という存在でもないのに、ときおり胸を疼《うず》かせるほど可愛く感じることがある。

「見せてみろ」

ツェンの足もとに膝《ひざ》をつき、怪我《けが》をした足を持ち上げる。

傷口は小さく抉《えぐ》れているものの、爪《つめ》が割れているわけでも破片が刺さっているわけでもない。消毒して絆創膏《ばんそうこう》でも貼《は》っておけば、すぐによくなるだろう。

泣き濡《ぬ》れた瞳《ひとみ》が全幅《ぜんぷく》の信頼を寄せて月龍を見つめている。月龍に任せておけば安心だと、幼い表情が物語っている。

その視線にざわりと胸の奥が蠢《うごめ》いた。

赤らんだ目もと。

ぷっくりと盛り上がった唇。

ショートパンツから伸びる細長く滑らかな脚。

ツェンは地面に後ろ手をつき、おとなしく足を差し出している。少しだけ顔を傾けて、斜め上に月龍を見上げる。

「哥哥……？　あ、い、いたいっ……！」

あまりに純粋な目を向けてくるから、意地悪をしてみたい気になったのかもしれない。

まだ生々しく血を滲ませる足指を口に含み、舌先で傷を撫《な》でた。口内で指がびくんと反り返り、とっさに引こうとした足を摑《つか》んで指先を吸い上げる。

鉄臭い、それでいてどこか甘いまろみが舌の上に広がった。

「あっ……！　哥哥、哥哥っ！　いたいのっ、やめて……！」

ぢゅ、と音を立てて傷口を吸う。

「ん、あっ……」

すんなりとした腿《もも》がぶるぶると震えた。

「哥哥……」

指を口に含んだままツェンを見ると、涙を浮かべた瞳と視線が絡む。見つめ合ったまま指先を甘嚙《あまが》みすると、びくっと肩を竦《すく》ませた。

「ツェン」

自分でも驚くほど艶《つや》のある声で名を呼んだ。

みるみるツェンの白い頬《ほお》が染まり、子ども特有の赤い唇が半開きになる。

視線で捉《とら》えたまま、舌先で傷をくじる。ツェンは膝を震わせ、半分目を眇《すが》めた。は……、と小さな唇から吐息が漏れたとき、月龍の下腹部が重く痺《しび》れた。

そのまま指の間に舌を這《は》わせると、仔ウサギのように肢体を跳ねさせ、腰を捩《よじ》った。

「だめっ、哥哥！　それやだ、それ……っ、へんっ、へんなの……っ、やだ……！」

もじもじと内腿を擦《す》り合わせ、涙を散らす。

逃げようとする足首を摑み、指の間と傷口を交互に舌で責め立てると、小さな顎《あご》が突き上がり、白いのどを晒《さら》した。

「やぁ、ん、哥哥……、へん、だよぅ……」

舌で抉れた傷を虐《いじ》めるたび、ツェンの眉根《まゆね》が寄る。潤んだ瞳が熱を帯びていく。痛みと恐怖と、密《ひそ》やかな甘い悦《よろこ》び。

ツェンは幼い色香を漂わせ始め、乾いた唇をそっと舌で湿らせた。

泣き顔に混じる官能の色を見逃さない。ツェンの涙に腰にじわりとくるものを感じる。泣かせたい、と思った。泣きながら自分を見つめさせたいと。

こんな子どもに。どうかしている。

「消毒は終わりだ」

あくまで消毒だったのだと嘯《うそぶ》いて手を離す。

「え……、う、うん……」

明らかにツェンの瞳に落胆がよぎる。ツェンは慌てて足を自分の体の方に引いた。

未知の感覚に戸惑い恥じらうツェンに、いまズボンの下で張りつめている月龍のものを触らせたらどんな反応をするだろうと、暗い興味が湧《わ》いた。そんなことはしないけれども。

代わりにまだ歩けないツェンの膝裏と脇《わき》の下に腕を回して抱き上げ、涙を舌で舐《な》め取る。

「哥哥、くすぐったい」

首を竦めたツェンに薄い笑みだけを返し、みんなの待つ居間へ帰っていった。

歩きながら、自分の首筋に顔をうずめる少年にいままでとは違う興味を抱いていることに気づく。

——こいつが欲しい。

モラルなど大して持ち合わせていない自分が、年齢を理由に罪悪感を持つなどということはない。いくつであろうが抱きたければ抱くし、欲しければ手に入れる。

だがそれなりの礼節はわきまえているつもりだ。周囲の状況を天秤《てんびん》にかけて行動を抑制することはある。

例えば義理のあるクリストファー家の息子を、年端もいかぬうちに手籠《てご》めにしようと思わない程度には。

目が合うと少しだけ笑ってみせたツェンを愛らしく思いながら、泣き顔を心の中に描くと強い高揚が生まれた。

ツェンを自分になつかせ、思いのままに体を開かせることは簡単だろう。けれどそれでは足りない。なにかが違う。なにかもっと別の……。

*

「……ぅ、……ぁ、あ、あ、ひ……、も、もぅ……っ」

「もう？　だめ、ツェン。早いよ……、ん……、も、ちょっと……、頑張って……」

ちゅく…、にちっ、と淫孔《いんこう》で雄を扱《しご》く音が室内に響く。

頬《ほお》を上気させてツェンに跨《またが》り、腰を揺らすのはカイ・ヤン。髪型以外瓜二《うりふた》つなこの双子がまぐわうのを、いったい何度目にしたことだろう。

月龍はドア横の壁に背をもたせかけながら、ベッドの上で繰り広げられる狂態を眺めていた。

エーグル・ドール学園の寮では、夜ごと性宴が開かれる。

特待生という名の性奴隷たちが、生徒たちの欲望を受け止め、楽しませることに尽力しているのだ。

カイ・ヤンは恍惚《こうこつ》とした笑みを浮かべて獣のように腰を振り、ツェンを貪《むさぼ》っている。数人の生徒たちがそれぞれの陰茎を擦《こす》り立てながら周囲を取り囲んでいた。同じ顔をした兄弟が互いを犯し合う図に、みな目をギラギラさせている。

クリスマス休暇に月龍が双子の家でツェンとカイ・ヤンを重ねて抱いて以来、カイ・ヤンは積極的にツェンを欲しがるようになった。学園内にいれば、背徳的な行為さえ生徒たちへのショーとして享受されてしまう。ツェンにも拒む術《すべ》はない。カイ・ヤンはそれを利用しているのだ。

カイ・ヤンの気持ちを知っていてツェンを与えたのは自分だから、彼の箍《たが》が外れたからといって責める気は毛頭ない。

むしろ。

「や……、や、だ……、なか、だしたく、な……、あ、カイ……、カイ……ッ」

下からカイ・ヤンの体を押しのけようとしたツェンの両手を、側《そば》にいた少年たちが自慰の手を休めずにベッドに押さえつける。

何度体を繋《つな》げても、ツェンは兄弟という一線に重い罪悪感を抱えている。肉の愉悦に翻弄《ほんろう》され抗《あらが》いがたい波に攫《さら》われて、結局はカイ・ヤンの中に吐き出してしまうというのに、最後まで嫌だ嫌だと泣きながら抵抗する。

どちらかというと気丈で、泣き顔など滅多に見せないツェンの哀願がまた生徒たちをあおり立てているとわからないわけではないだろう。それでも泣かずにいられないのだ。

そして自分も——。

「あん……、ほら、ツェン、きもちい……? おれも……、い、いく……、いきそう……、あいしてる、ツェン……」

カイ・ヤンの腰使いが激しくなる。肉を打ちつける音が空気を叩《たた》く。

周囲の少年たちの手の動きも一層早くなる。

熱気が二人を取り巻き、いまにも爆発しそうに腫れ上がった陰茎が何本も、二人の体ぎりぎりまで寄せられた。

「やめ……、あ、でる…っ、でるよ、カ、……カイ、でるっ、あっ、あぁぁぁぁ——…

っ！」

「んっ、あぁ……、あっ……っ」

びくんびくんと腰を震わせ、弓なりに背を反らしたカイ・ヤンが動きを止める。

カイ・ヤンの花芯《かしん》が白蜜《しろみつ》を撒《ま》き散らすのと同時に、少年たちもつぎつぎと精を迸《ほとばし》らせた。

摑んだ雄茎を扱き上げ、双子の顔に、体に、ぼとぼとと白い体液が振りかけられる。

カイ・ヤンに乗られ、両手を押さえられているせいで身動きが取れないツェンの顔も、遠慮なく白濁が汚していく。

「う……」

目に入りそうになる精を拒んでまぶたを閉じたツェンが、呼吸するために開いた唇に、精液がどろりと流れ込んだ。口中に入り込んだ精を押し出そうとした赤い舌が、かえって舐め取っているように見えて淫《みだ》らだった。

涙と白濁が入り混じった顔を歪《ゆが》め、ツェンがうっすらと目を開く。

ぼんやりとした視線を移ろわせて月龍を探し出したとき、かすかにツェンの口もとが弛《ゆる》んだのを見た。

その表情に月龍の腰にも熱くたぎった欲情の塊が落ちる。

愛《いと》しい恋人がたくさんの男に汚され、涙を流し、法悦と罪悪感の狭間《はざま》で悶《もだ》えている。

なんて可哀想《かわいそう》で、愛らしいのだろう。

ゾクゾクする。もっと汚したい。もっともっと泣かせたい。そして傷ついて自分の腕に帰ってきたツェンを受け止め、ときに手荒く、ときに蕩《とろ》けるほど甘やかして抱きたい。

ツェンもそれを望んでいる。あの子の気質は自分と同種だ。

恋しい相手が誰かに蹂躙《じゅうりん》されるのを見て興奮する自分と、他人から凌辱《りょうじょく》される場面を恋しい相手に見られて興奮するツェン。

似合いの二人じゃないかとほくそ笑む。

「ん……」

ツェンに跨ったまま ぶるりと身を震わせたカイ・ヤンが、艶《なま》めかしいため息をついた。

「はぁ、あったかい……、きもちいい……。もっと欲しいな……」

腰をくゆらせながら、顔と体に飛び散らされた精を繊細な指先で塗り広げていく。

いまだ手を押さえられたままで顔を拭《ぬぐ》うこともできないツェンを見て「ふふ」と妖艶《ようえん》に笑い、繋がったまま屈《かが》み込んで赤い舌を伸ばす。

ぴちゃ、ぴちゃ、とツェンの顔に滴る精を舐め取っていく様は、まるで動く性人形のようだった。

生徒たちがごくりと生唾《なまつば》を飲み込む。

カイ・ヤンはたっぷりと精をまとわせた舌を、ツェンの唇に挿《さ》し込んだ。

「んぅ……っ」

ツェンが苦しげに目を瞑《つぶ》る。カイ・ヤンはわざと唾液《だえき》と精液の混じった蜜を口端から溢《あふ》れさせるように流し込む。

全身をてらてらと光らせながら同じ顔をした弟の唇を貪《むさぼ》る姿は、まさに淫獣《いんじゅう》としか表現しようがない。

生徒の一人がたまらなくなったように、カイ・ヤンを引き剝《は》がしてツェンとの結合を解《ほど》かせる。

「あっ……！」

どろっとカイ・ヤンの後蕾《こうらい》から白濁が零《こぼ》れ出た。

「こっち乗れよ！」

後ろからカイ・ヤンを抱きかかえた少年が、蜜を垂らしながら口を開く蕾《つぼみ》に雄をねじ込んだ。

「あ、う……っ」

ずっぷりと根もとまで塡《は》め込んだ雄を性急に突き上げる。

「ああっ、あ、ん、あっ……、あぁ、すご……っ、あん……」

カイ・ヤンも自ら腰を落とし、最奥まで男を受け入れる。

「くそっ、一回出しただけじゃ足りねえよっ」

たったいま吐精したばかりだというのに、すでに少年たちの雄は天を衝《つ》いていきり立っている。

カイ・ヤンの顔の正面と両側で雄を突き出した三人の少年たちが、奪い合うようにカイ・ヤンの頭を自分に向かせて我先に咥《くわ》えさせようとする。

「あ、ふ……、ふふ、うれしい、おちんちんいっぱい……」

口と両手を使い、カイ・ヤンは順繰りに三本の雄を咥え、濡らした肉棒を手で扱いていく。

「あー……いい……、なあ、もっと俺の咥えてよ」

「ん、順番ね……」

嬉《うれ》しそうに男を舐めしゃぶるカイ・ヤンの隣で、ツェンも京也《きょうや》に犯されている。

膝と肘《ひじ》をついて腰を高く掲げられる体勢で、京也がツェンの背に覆い被《かぶ》さる。背後からなめくじのような舌で耳朶《みみたぶ》をなぞり、興奮した息を耳孔《みみあな》に送り込んだ。

「どうだった、カイ・ヤンの孔は？　よかったろう？　おまえたちは本当に罪深いな、兄弟であんないやらしいことをして」

傷ついたツェンの顔が歪む。

ツェンが痛みを受けるたび、月龍の腰に身震いするような痺れが走る。

大事な人が傷つけられている。犯され、あられもなく感じさせられ、罪人のように責められている。

可哀想に、可哀想に。

可哀想で可愛い、俺の恋人——。

いますぐにでも猛《たけ》り立った自分の雄を舐めさせたい。犯され喘《あえ》ぐあの薄い唇に突き込んで、のどの奥まで可愛がってやりたい。

想像だけで、射精を伴わないオーガズムが月龍の体を駆け抜ける。

「ね、のみたい……、ぜんぶのませて……」

カイ・ヤンが甘ったるい声でねだった。

少年たちの切迫した空気が伝わってくる。終焉《しゅうえん》が近い。

「贅沢《ぜいたく》だな、カイ・ヤン。三人分いっぺんに飲みたいのか?」

少年がにやにやとカイ・ヤンの頰に硬い切っ先を押しつけた。

「ん……、よにんぶん、かなぁ……、ぁ、うしろ、も、ほしい……」

カイ・ヤンを抱きかかえた少年が、後ろから肩口をきつく吸う。

「わかってるよ、一緒に中に出してやるから。嬉しいだろ?」

カイ・ヤンは凄艶《せいえん》な笑みで答える。口を大きく開け、舌を長く伸ばした。

三人の少年たちがそれぞれカイ・ヤンの口もとで雄を扱き上げ、口中に放てるようぐっと体を顔に寄せる。亀頭をぴったり合わせて三本の雄が集中した。

カイ・ヤンの赤い舌が裏筋から雁首《かりくび》、尿道口までをぐるりと舐め回す。

「あっ、それ……、いいっ……」

腰をわななかせた少年たちが、先端からカイ・ヤンの口へ熱い飛沫《しぶき》を迸らせる。びゅくびゅくと飛び出した劣情が、口淫で腫れたカイ・ヤンの唇を汚していった。

大量の青苦い精を下顎まで滴らせ、カイ・ヤンは満足げな笑みを浮かべる。

「あったかい……。おいしかった、ごちそうさま」

くすくす笑うカイ・ヤンが、ちらりと京也とツェンを見る。

京也はにやりと笑うと、ツェンを犯しながらカイ・ヤンを手招いた。

「おいでカイ・ヤン。最後にもう一度、弟とさせてやろう」

ツェンの眉が切なげにひそめられる。

またカイ・ヤンと、と胸が塞《ふさ》がれる心地《ここち》でいるのだろう。

「挿《い》れるのと挿れられるのとどっちがいい？」

「ツェンとならどっちでもいいけど、やっぱり挿れられる方かな」

京也の問いに悪びれもせず答えたカイ・ヤンは、ツェンの下に仰向《あおむ》けになって体を滑り込ませる。

「うぁ……、やだ、もう、やだ……、ゆるして……」

力なく首を振って拒絶するツェンの雄はしかし、ガチガチに張りつめている。心を裏切って、体は期待に高まっているのだ。いや、本当はもうカイ・ヤンとの交わりの愉悦に溺《おぼ》れているのかもしれない。

「こんなにしていて、嫌だということはないだろう？　本当に嫌なら萎《な》えるはずだ」

京也が後ろからツェンの屹立《きつりつ》を摑《つか》み、カイ・ヤンの秘孔《ひこう》の位置を探る。

諦観《ていかん》を滲《にじ》ませたツェンの頰を、カイ・ヤンが下から手のひらで優しく包み込む。

「そんな顔しないで。愛してるよツェン」

ツェンの顔を自分に引き寄せ、ちゅ、と唇を合わせる。

京也がツェンの後蕾を貫いたまま、腰をぐっとカイ・ヤンに押しつけさせた。ぴたりと吸いついていたツェンの雄の先端が、肉環に潜《もぐ》り込んでいく。

「う、あぁ……、あ、だめ……、どっちか、に、して……っ、うしろと、まえ、りょうほうじゃ……！」

ズン、と京也に腰を突き入れられ、ツェンの雄芯《ゆうしん》がカイ・ヤンの後孔《こうこう》を貫いた。

「ひぁっ……！」

ツェンが背をのけ反らせ、下肢をぶるぶると痙攣《けいれん》させる。

「合わせろ、カイ・ヤン」

京也が命じ、ツェンの腰骨を摑みながら男根を押し引きする。動きに合わせてカイ・ヤンが下から器用に腰をくねらせた。

「あう、あ……、あ、あ、あ、あぁぁ……、あぐ、ぅ……ひ、ぃ……っ」

ツェンはぱくぱくと口を閉じ開きし、突き上がった顎まで涎《よだれ》を滴らせた。

ずっ、ずっ、と男根がツェンの後孔に出入りする。腰に絡みついたカイ・ヤンの脚がタイミングを合わせて自分自身をツェンの男根に犯させる。

「いっ、いくっ……、すぐ、いっちゃ……、いくから……っ、それやめ、やめて、や……！」

ツェンは涙を飛び散らせ、首を打ち振って快感に身悶える。

蠕動《ぜんどう》する狭隘《きょうあい》に雄をしぼり上げられ、淫道を灼熱《しゃくねつ》の剛棒が往復する快楽は如何《いか》ばかりか。

「やぁっ！　やだ、やだ、や……、い、いってるっ……、いって……、から、も……、ゆるしてぇ……ッ！」

容赦のない打ち込みがツェンを苛《さいな》む。陶然としたカイ・ヤンがツェンの両頬を押さえ、強引にキスをした。

「すき……、すき、ツェン……、ね、愛してるって言って……、おれのこと、すきだって言って……」

「……きっ、すきぃっ、カイ……、あいし、て……、あ、愛してるからっ、もう……！」

ツェンの終わらない快楽地獄を想像して月龍の下肢に血がどくどくと集まる。

愛してる愛してると壊れたように繰り返し、許しを乞《こ》う哀《あわ》れな姿に身の内に欲望の炎が揺らめく。

あとで思いきり優しくしてやろう。甘えさせ、悦びの涙を流させてから抱いてやろう。

頭の中でツェンを犯す月龍は、いまはただ壁に寄りかかって狂乱を見つめている。


放心してベッドに転がるツェンの頬を、指の背で軽く叩く。

「起きられるか？　シャワーを浴びろ」

消灯時間が過ぎ、月龍はひと通り特待生の部屋を見て回った。

必要があれば処置を講じ、専門のクリーンスタッフに部屋の掃除やシーツの交換を任せてツェンの部屋に戻ってきた。

まだ情交の臭《にお》いが色濃く残る室内で、捨てられた人形のように手足を投げ出していたツェンに強く欲情した。憐《あわ》れに思う胸の痛みが月龍にとっての興奮剤となる。

薄く目を開けたツェンが、月龍を見てかすかにほほ笑んだ。

「月龍……」

首に腕を回してくるツェンを抱きしめ、唇を重ねる。舌を挿し入れると、精の味が口中に広がった。

下腹部が熱く痺れ、夢中でツェンの口内を舐め回した。

「可愛い、ツェン……」

ひとしきり貪り尽くすと、ツェンは甘い息をついて月龍に体を預けてくる。すり、と頬と頬を擦り合わせて甘える仕草に、今日の交わりがとても濃厚だったのだと伝わってきた。凌辱の快感が大きければ大きいほどツェンは甘えてくる。

「今日は辛《つら》そうだったな」

ツェンはまだとろりとした瞳で、舌足らずに答える。

「やっぱりされながらするのは、すごく……、すごかった……。感じてるんだかなんだかわかんなくて、頭真っ白になる」

「このまま寝るか？」

どうしてもシャワーが辛いときは、湯でしぼったタオルで体を拭《ふ》いてやる。

ツェンは「わかってるくせに」と言いたげに上目遣いに月龍を見る。

「……月龍に見られてて、おれすごく感じたんだよ」

欲情している。

濡れた目が月龍を誘う。

ツェンの部屋のシーツはいつもいちばん最後に取り換える。どうせ月龍とツェンがまた汚すから。

というより――。

「腫れてるな」

「うん」

うつぶせにしたツェンの尻肉を割り開き、激しい性交の痕跡《こんせき》を残す蕾を舌の腹で撫で上げる。

「あ……」

情交の残滓《ざんし》がどぷりと溢れ出た。

半透明の液体は尻たぶを伝わり、シーツに小さな染みを作る。

他の男の劣情。他の雄の臭い。

嫉妬《しっと》で下腹が焼けつく。隆起したものが硬く反り返る。

「ひ……っ！」

尖《とが》らせた舌を肉孔に挿し込んだ。

ぬめる淫道《いんどう》に男の味がする。さんざん嬲《なぶ》られ、熱を持った蕾がひくひくと震えて悦んでいる。

「俺以外にそんなに感じたのか。悪い子だな、ツェン」

「ご、ごめん……っ、でも、でもそれは、月龍が見てたから……！」

そうだ。

俺に見られて感じる、これは俺の雌だ。

恍惚とした幸福感が月龍を満たしていく。初めてツェンを欲しいと感じてから、ずっと手に入れたかった感覚だ。

可哀想に、こんな男に目をつけられて。

二度と関《かか》わるつもりのなかったクリストファー家に足を向けたのはツェンのためだった。少なくとも自分は好きだったのだ、幼い日のツェンを。あの子が危機に瀕《ひん》していると知って助けてやりたかった。

オウェン&クリストファーの借金をなんとかできるような財力を持たない自分には、特待生としてエーグル・ドールへあっせんするしかなかったけれど。

本当は逃がしてやろうと思っていた。エーグル・ドールを卒業したら、なにもかも忘れて未来に進みやすいよう自分を憎ませようと思った。

それなのに、どこをどう間違ったかツェンは月龍の腕に飛び込んできた。

恋人などとこじつけて、生徒たちと彼を共有する理由を作るためだけに抱いた。彼ら自身と周囲にそう信じ込ませられればいいだけだから、形が保てる程度の回数だけ。

憎んでいてくれればよかったのに。おまえのせいでと怒りをぶつけ、こんな男のことは忘れて学園を卒業すればよかったのに。

でももう遅い。

俺に執着を抱かせた。忘れようとしていた記憶のスイッチを入れた。それでも手放してやろうと思っていたのに、自分から堕《お》ちてきた。

だからこれはおまえの咎《とが》だ。

せいぜい俺をあおり立てて束縛するといい。俺を興奮させられるのはおまえだけだから。

「月龍……、あ、月龍……」

後から後から溢れ出る残滓を、猫がミルクを舐めるように啜《すす》り取っていく。

こんなになるまで他の男に犯《や》られて――。

情欲で目眩《めまい》がする。涙を滲ませて自分を見るツェンの最奥に白濁を叩きつけてマーキングしたい。

シーツの皺《しわ》の間から、誰のものかわからない精液の臭いが立ち上る。

可愛い恋人が犯された証拠に囲まれてするセックスに燃え上がる。

だから敢《あ》えてシーツを交換しない。ツェンが心を痛めるから。可哀想だから。興奮するから。

「月龍！　い、いれて……っ！　月龍のにおいつけて……！」

自ら尻肉を摑んで拡《ひろ》げ、孔を強調した。横に引かれた蕾が淫猥《いんわい》な形に口を開いて月龍を待つ。他の男の痕跡を消して清めて欲しいと、傷ついた目で縋《すが》る。

「だめだ、まだ濡らしてもいないんだから痛いだろう？」

ツェンは泣きそうな顔をすると、すでに猛り立った月龍の男根にむしゃぶりついた。

「ほしい……、月龍、ほしい……」

懸命に唾液を塗《まぶ》していく姿にそそられる。

舐めながら小さな尻を揺らし、刺激を欲しがって無意識に自分の雄に手を伸ばす。

「上に乗れ。舐めてやる」

ツェンは頰を染め、それでも従順に体勢を入れ替えた。

特待生のアナルに口をつける生徒はまずいない。ましてやセックスの後ならば。だからこうしてやるのは月龍だけだ。ツェンはとても喜ぶ。

後孔を晒すよう指で両脇に広げると、繊細な襞が腫れ、中心から白い蜜を滴らせている。他者との姦淫《かんいん》の証《あかし》が自分を昂《たかぶ》らせる。

舌をぺたりと押しつけると、熱を持った柔襞《やわひだ》が淫らに収縮した。

「ん……、ふっ……ぅ」

ツェンは月龍の雄の根元から先端までを舌の腹で満遍《まんべん》なく舐め上げ、体液を滲ませる蜜口を指でくるくると撫で回す。

刺さるような快感が生まれ、透明な蜜がとろとろと零れだすのを感じた。

ツェンは指を丸く輪にして張り出した笠をくちゅくちゅと往復しながら、愛しげに先端の小さな孔に舌をねじ入れる。

「美味《おい》しい……、他の人のは大嫌いなのに、月龍のは好き……」

可愛い。

大勢に嬲られて体も辛いだろうに、それでも月龍を求めるのがたまらなく愛しい。月龍の色に、匂いに染めて欲しがる恋人を、心から満足させてやりたいと思う。

「ん……」

のど奥の深い部分まで月龍を呑《の》み込み、射精を促すように吸い上げ始める。軽く突き上げてやると苦しげにのどを詰まらせたが、より愛撫《あいぶ》に熱がこもった。苦しさと快感の入り混じるそこは、ツェンの性感帯でもある。何度か繰り返してやれば、すぐに意識を飛ばしてしまう。

「ぐ……、ん、ぅ……、あ、哥哥、哥哥……、ごめんなさい……、他の男に感じて……」

月龍とのセックスにのめり込んでくると、この可愛い恋人はいつも子どものようになってしまう。

夢中で月龍を頬張りながら、泣きそうな声でねだる。

「お仕置きして……、悪い子、だから……、痛くして……」

月龍の目の前で、欲しがりな孔が口を開いた。

舐めても舐めても甘苦い蜜を垂れ流す淫孔が、媚肉《びにく》を晒して月龍を煽る。

こんなにいやらしい体をして。男たちを悦ばせるのか。

「悪い子だ、ツェン」

乱暴ともいえる力で強引に体勢を変え、ツェンの体をうつぶせに引き倒す。

後ろからずぷりと猛り立った楔《くさび》を突き立て、ひと息に最奥まで貫いた。

「あぁぁぁぁあああーーーっ……！」

硬直した体を発熱したように薄桃色に染め、全身に汗を滲ませた。

「う……、あ……、あぁ……哥哥……っ」

他の男の痕跡に胸を焦がしながら腰を叩きつける。

これがツェンの望み。

恋人に独占欲から乱暴に体を奪われ、激しく求められる。

自分はツェンの期待通り、嫉妬に狂った無慈悲な恋人になる。汗ばむ背を押さえつけて標本の蝶《ちょう》さながらベッドに縫いとめ、肉杭で内奥を穿《うが》つ。

「哥哥、哥哥、いたいっ、ああ、いい……っ！」

痛みと快感に跳ねる体を思うさま蹂躙し、最奥に欲望を叩きつけた。

ツェンは摑んだシーツに淫らな皺を刻みながら、ひきつれたように何度か体を痙攣させて吐精する。

やがてぐったりと弛緩《しかん》した体から雄を引き抜いて抱き起こした。

ツェンはうっとりと蕩けた目で月龍を見、自分から唇を合わせてくる。

「好き、哥哥……。哥哥のがいちばん感じる。もう一回したい……」

底のないツェンの欲望につき合ってやる貪欲《どんよく》さくらい、自分にもある。

つぎは全身を愛撫して、とろとろに甘やかしてやろう。

「俺もおまえがいちばん感じる」

二人で密やかに笑い合うと、どちらからともなく唇を重ねた。

背徳の香りの残るベッドで、ふたたび二匹の獣になるために。

「大好きなお兄ちゃんたちへ

カイ・ヤン、ツェン、元気ですか。わたしもシンディもママも元気です。

新しい家は小さいけどとっても過ごしやすくて素敵よ。

イースター休暇には遊びに来てね。

リン

今日はひつじを見にいったよ。近くにぼくじょうがあるの。

ひつじの毛っておもったよりかたいの！

二人がきてくれたら、いっしょに見にいこうね。


シンディ」


医務室のベッドにツェンが腰かける隣で、机に向かうカイ・ヤンは熱心に本を読んでいる。

双子はすっかり、空き時間には医務室で過ごすようになった。

イースター休暇を来月に控えたある日、妹たちから届いたと言って、ツェンが月龍にポストカードを見せた。

裏面は青い空と、のんびりとした羊の牧場がどこまでも続いた写真になっている。

「お母さんがね、よかったら月龍も来てくださいってさ」

ほらここ、とツェンが指差したところは、妹たちの文章の下の方だった。ツェンたちの母の字で、月龍も誘って欲しいと書いてある。

クリストファー夫人は夫と離縁し、娘たちを連れて家を出た。いまはなんとか働きながら小さなアパートを借りている。

ツェンには言わないが、彼女の仕事先を世話したのも、アパートを探してやったのも自分だ。取り立てて資格もなく、長い間働いていなかった彼女がつける仕事は限られている。今後はなにか資格を取得できるよう、手伝うつもりだ。

高校時代から含めて、彼女には世話になった。当面の生活の面倒くらいはみようと申し出たが、彼女は頑として金銭的な援助は受け取らなかった。

「ふーん、先生も行くんだ」

カイ・ヤンがひとかけらの興味もなさそうに、本をめくりながら言う。

「俺はイースター休暇には帰らないよ、講習受けるから。夏休みなら少し行くかもしれないけど、勉強忙しいから遊んでる暇ないし」

医者になりたいというカイ・ヤンは、どんな小さな時間でも無駄にせず勉強に励んでいる。

褥《しとね》での痴態と昼間見るカイ・ヤンは別人のようだ。だが彼が一貫して努力家で、きちんと将来を考えて行動しているのを知っている。

「大学に行く費用だって自分で稼ぐからね。そのためだったら俺、どれだけでも淫乱になって生徒たちから〝特別手当〟しぼり取るよ」

それをアドバイスしたのは月龍だ。大学とメディカルスクールに行きたいけど金がない、父は当てにできないと悩むカイ・ヤンに、彼ができる方法をいくつか提案した。

例えば外国の安い医大へ行く、働いて金を貯《た》めてからあらためて医師を志す、卒業してから金持ちの愛人になって費用を出してもらう。

非現実的なくだらない提案も含めて、そういった可能性を。

その中でカイ・ヤンが選んだのが、特別手当集めだ。彼が自分で選択したのだから、それでいい。

「俺とツェンは卒業したら一緒に住む約束してるから、いまはツェンを貸してあげる。せいぜいこの学園にいる間は仲良くするんだね。卒業したらツェンは他の男に抱かれたりしなくなるんだから。先生の歪んだ愛情の犠牲になることなんかないよ」

「カイ！」

真っ赤になって口を塞ごうとするツェンに、カイ・ヤンはつんと横を向いてその手を躱《かわ》した。

ツェン以外にはまったく興味を感じない自分だが、ツェンと同じ顔をして猫のようにくるくると表情も態度も変える双子の兄を、決して嫌いではない。ツェンに対する執着も自分にとっては厭《いと》うべき部分ではない。

彼らが卒業するまであと二年と少し。それまでいまの関係が続くだろう。

卒業後は……わからない。

たった一ついえることは、自分はツェンを逃がしてやる気がないということだけだ。

この世でただ一人自分を興奮させ、嫉妬させる恋人を。

あとがき

はじめまして。もしくはこんにちは。かわい恋と申します。

このたびは『学園性奴～番う双子の淫獣～』をお手に取っていただき、ありがとうございました。

この話は去年発行していただいた『暴君王子の奴隷花嫁』と同じ学園が舞台になっています。前作では脇役だったキャラクターの過去編なので、スピンオフというのでしょうか。

未読の方はこの機会にぜひ併せてよろしくお願いいたします。こちらとはまた違ったプレイ満載でお送りしております。

なんにせよ、エロ学園再び！　で大変楽しく書かせていただきました。ずっと書きたかった一棒二穴な双子W受け3Pも書けて幸せです、ありがとうございます。

攻めのＨＥＮＴＡＩチックな性癖も書きたかった部分ですので、そちらも見ていただけると嬉しいです。

破れ鍋に綴じ蓋的な恋人たちではありますが、それもひとつの愛の形と温かい目で見守ってやってくださいませ。

前回は山芋プレイにOKを出してくださった太っ腹な担当さま、今回は産卵プレイにタマヒュンしつつもOKしてくださりありがとうございます。いつも私の趣味に走ったプレイを寛大に受け止めてくださって感謝しております。

藤村先生、前回に続き今回も素晴らしく色っぽい挿絵で拙作を彩ってくださり、ありがとうございました。お色気シーンばかりで心苦しいですが、先生の絵で見られると思うと、ついついあれもこれもと書きたくなってしまいました。

そして最後までおつき合いくださいました読者さま。心からお礼を申し上げます。こうして続きを書かせていただけたのも、読んでくださった皆さまのおかげと深く感謝しております。またお目にかかれますように。

かわい恋

Twitter：@kawaiko_love

かわい恋先生、藤村綾生先生へのお便り、
本作品に関するご意見、ご感想などは
〒101-8405
東京都千代田区三崎町2-18-11
二見書房　シャレード文庫
「学園性奴〜番う双子の淫獣〜」係まで。

本作品は書き下ろしです

CHARADE BUNKO

学《がく》園《えん》性《せい》奴《ど》〜番《つが》う双子《ふたご》の淫獣《いんじゅう》〜

【著者】かわい恋《こ》

【発行所】株式会社二見書房
東京都千代田区三崎町2-18-11
電話　03(3515)2311[営業]
　　　03(3515)2314[編集]
振替　00170-4-2639
【印刷】株式会社堀内印刷所
【製本】ナショナル製本協同組合

落丁・乱丁本はお取り替えいたします。
定価は、カバーに表示してあります。

ISBN978-4-576-15067-3

http://charade.futami.co.jp/

CHARADE BUNKO

スタイリッシュ&スウィートな男たちの恋満載

早乙女彩乃の本

一億円分、身体で払ってもらう

結婚詐欺花嫁の恋

～官能の復讐～

イラスト＝水名瀬雅良

とある事情から結婚詐欺を働いた悠斗は潜伏中、夫だった圭吾に見つかってしまう。圭吾は、裏切りの代償を支払わせるべく悠斗をマンションの一室に監禁する。愛ゆえの反動に理性を蝕まれ、凌辱、禁縛、媚薬とあらゆる行為で屈辱を強いる圭吾。悠斗はその報いを甘んじて受けていた。なぜなら――。

CHARADE BUNKO

スタイリッシュ&スウィートな男たちの恋満載

秋山みち花の本

あなたの中に全部出す。これであなたは俺だけのもの——

神獣の褥

イラスト＝葛西リカコ

天上界一の美神・リーミンは、その美貌に欲情した父の天帝から妻になるよう迫られ、拒んだ。激怒した天帝に神力を奪われ、銀色狼・レアンの番として下界に堕とされてしまい…。

狼の舌で舐められるのが、お好きなのでしょう？

神獣の蜜宴

イラスト＝葛西リカコ

銀色狼・レアンと暁の美神・リーミンは仲睦まじい番。天帝と互角の力を持つ龍神がリーミンに欲望を滾らせていることを知ったレアンは、神力を手に入れるためリーミンの母に仕えることに。